犀星の女ひと

井坂洋子

五柳叢書110

五柳書院

犀星の女ひと

写真提供　谷田昌平
（協力　殿岡聡志）

目次

はじめに

室生犀星という作家は、自分の身からはがしてその文章を読むことがむずかしい。読めば読むほどズブズブと粘り気のある文章に身を巻かれ、彼の思惟の沼に沈められてしまう。ただ読むだけで、特別な時間をすごしている気になり、それについて何かを言おうとする隙間を拾えない。

戦後、ブレイクするきっかけとなった『女ひと』（昭和三十年・一九五五　新潮社）は、犀星が六十六歳の時に刊行された随筆集である。女人《にょにん》ということばはあっても、ふつう「女《おん》ひと」とは言わない。詩人の勘どころのよさが表れた造語といえよう。

容貌コンプレックスから書き始めているが、犀星が生涯でもっとも心を砕き、どうしても超克できなかったことを文章の最初にもってくるのは、自分を焚きつける意味と、書くことによってそのことを相対化する気持があったからではないか。また、作家というものは、書くことで自分の欠点や欠乏を飾るというか、特色にしようとする無意識の野心も働くものと思われる。

女性に好意をもってもらうために、物を贈って喜ばせることを肯定的に書いているが、それを下心と蔑むようなかげりが微塵もない。顔のよくない者は「ただそれだけのことで仕事につけないこともあり、仕事についても早くに辭めさせられる」(『女ひと』)と書いている。事実に反するのではないかと思うが、いちずにそう思い込んでいるのも子どものようで珍しい。

「へちやむくれの凸凹男なぞが少しくらゐ仕事はできても、そんな奴につきまとはれたら女の人は生きてゐる氣がしないであらう」等々。今で言うところの自虐ネタであり、あとは野となれ山となれといったやけっぱちが、堂々とした態度と拮抗している。本人はただ正直に書いているつもりかもしれないが、遊び心を感じさせられもする。

犀星の著書の中でも一、二を争うくらいに売れた一冊になったのも、露悪とすれすれだけれど茶目っ気があったゆえだろう。

昭和三十年のはじめに「新潮」で連載していた随筆「女ひと」は十月にまとめられて一冊となったが、新潮社の担当編集者は詩人・牟礼慶子の夫君である谷田昌平。谷田は『回想戦後の文学』（昭和六十三年・一九八八　筑摩書房）で次のように書いている。

「初版一万部だが、『こんなに大量の部数が出版元で刷られたことは、いままで一度もなかった。』と犀星は日記に記した。増刷が続き、一年ほどで十刷、四万部ほどに達した。『随筆女ひと』の好評は、犀星の健在を文壇、出版界に示し、花開いた感じだった」

「大家《たいか》」と「かけ出しの一編集者」のつきあいは、犀星の晩年の八年ばかりのものだったらしいが、昭和二十九年（一九五四）の五月、谷田昌平がはじめて訪れた大森馬込の犀星の家は「沢山の樹木と美しい柴垣に囲まれており、柴垣に沿って人間の背丈より少し小さい石仏や灯籠が並べられていた」とある。

また、犀星の部屋の様子はこう記されている。

「古風な飾り棚があり、その上には小さな仏像や朝鮮の陶磁の壺などが並べられていた。その前に傍らに小さな黒檀の机を置いて坐った先生が、美しく灰を整えた火鉢にかけた鉄瓶の湯を急須に注ぎ、愛用の小さな煎茶茶碗に御自分でお茶を入れてくれる」

流れるような文章で、当時の犀星の姿を写しとっている。このような庵主然とした姿は、少年時の犀星が夢見たものだろうか。（そこには彼が室生姓を継いだ）雨宝院の住職・室生真乗を偲ぶ心があったのだろうか。

谷田が訪問する少し前、犀星は胃腸病院にしばらく入院していたようだが、回復し、昭和三十年二月に『黒髪の書』という短篇集を出版した。また同年、女性への熱く秘められた思いが噴出した『女ひと』が編まれた。そこには、〝美しい世界と私自身の死の交換〟という気持があったようだ。

執筆の依頼も多くなった六十歳半ばの犀星は、「何時も快活であり、相手を包むようなやさしさがあった」と谷田昌平は書いている。

しかし、その隆盛は文学の戦場でのたたかいの結果だ。室生犀星は死しておらず、ここにありという躍りあがるような気力がなくては、この難事を成し遂げることは不可能だったろう。

室生朝子の『父 室生犀星』（昭和四十六年・一九七一　毎日新聞社）によると、晩年の日々のスケジュールは「朝、七時から七時半の間に起き、朝食は一人でする。午前中仕事をする父は、たとえ家族でも話をすると、その日の仕事に差し障ると言っていた」とある。仕事はお昼までに片づけられ、十二時に昼食をとったあとは、三十分ほど昼寝している。午後一時すぎに入浴。リフレッシュして「仕事の多い時は午後も机に座」っている。三時に家族とともにお菓子を食べながらお喋りをする。この日課は「欠かすことの出来ない」ものであったらしい。
夜は「八時から八時半の間に床につく」。家族はそれぞれ自室で自由な時間をたのしんだのだろう。「真夜中まで起きている者に、ろくな者はいない」という考えであったようだ。長い間病床にあった妻が六十四歳で亡くなったのが昭和三十四年（一九五九）十月、犀星が七十歳の折のことだった。この年は、金魚の愛人とのセリフの応酬小説『蜜のあはれ』や王朝ものの傑作である長篇『かげろふの日記遺文』が出版されていて、『かげろふ……』で野間文芸賞受賞。また、その前年に出版された『我が愛する詩人の傳記』により毎日出版文化賞も受賞している。

その頃、犀星は娘の朝子と出かけたデパートの時計の売り場で働いていた若い娘を、名目は秘書として家に置いた。離婚して家に戻った娘と、息子の連れあいである女性、そして「色白で面立ちも、体もふくよかな、月のごとき少女」（岩波文庫『女ひと』の小島千加子の解説文より）、お手伝いさん二人と、五人の女性に囲まれての黄金の輪の中での暮らし。だがその他に、犀星には愛人がいたことが、彼が亡くなった後に発覚する。娘の朝子はその女性の存在を好意的に受け入れた文章を残している。

きっちりとスケジュールが組まれ、時間を無駄にしない犀星時計は狂うことなく、生活習慣が守られていたが、近場にすみかを用意した彼女といつ会っていたのか、その用意周到な事の進めかたにも朝子は感嘆している。秘密は自身が戦場でたたかう熱のためと、まわりを不幸にしないためのものであった。

奔放で粘り気があり、人によってはしつこいと感じるだろう文章――螺旋階段をぐるぐるまわり、少しずつ上っていくような、独得なその文章を支えていたのは、こうした日常の基幹である。絶えず女性の立居振舞に包まれていた彼のブンガク、それは世の片隅の出来事であり、天下国家や文学の何たるかを論じているわけではない。そのような柄でないことは自身が重々承知していた。

犀星は、種々の自伝的な作品で自分の弱点をあげつらう。見場のよくないこと、主人が手をつけた年若い女中の子であること、幾ばくかの金銭をつけて貰い子に出され、血の繋がりのないきょうだいと暮らしていたこと、昼から酒を飲む養母のこと、等々。

自身の弱点を筆で押さえた上だからこそ、『女ひと』の中の、たとえば〝美人は顔見せ料をとるべきだ〟などという荒唐無稽な物言いに、ある種の切実さがうまれるのだろう。

酔っ払うと美しい女の顔を拝みたくなることや、胸の内で金勘定することなど、あからさまな欲望を書いているのに、読み手が逃げていかないのは、「犀星術」とも呼びたくなるような文章力と、書くことでより一層裸になっていこうとする決意がにじみでているからだと思う。

正統的で権威のある知識人ではないが、独力で平安朝の物語や芭蕉を読み、ロシア文学に親しんで自分を鞭打ち、語彙も豊富。その特異な体験を含めて、学んだことを決して手放さない。本もよく売れ、知名度も高く、大きな賞をとって、名声をほしいままにしているが、もとは何もなかった、欠点、弱点ばかりで、と書くのも裸の心の強調である。

エライ作家センセイになった自分を透明なガラスの部屋に座らせて、周囲に見せている。弱点が強みになるとはこのようなことかと思う。

さまざまなジャンルにわたって書きに書いた作家でもある。詩はもとより、「幼年時代」など一杯の紅茶風小説、市井鬼《しせいき》もの、王朝ものと呼ばれる小説、『わが愛する詩人の傳記』や『黄金の針』などの人物論（作家論）、俳句、虫や陶器や庭などの随筆等々、多岐に亘っているが、不思議とジャンルの壁を感じない。畏れを知らぬような室生犀星という書き手が、そこにいると思うばかりだ。

犀星の女ひと

『随筆　女ひと』

『女ひと』を読んでいると、さまざまな情景がただ意味もなく肉迫してくる。犀星が、その日、その時に感じたことを、生みたての卵のようにひとつ懐に入れて外から帰ってくる様子が浮かぶ。

通りすがりの美容院で見た若い美容師の大あくびや、しろうとくさい蛇遣いと青大将の恋愛関係、ただ一篇だけ見事な詩を書いた「女給さん」のような女性の話、夕方に空ゆく烏に「さよなら」と繰り返す少女の話、午後の散歩の途上でよく出会う「おわいやさん」の話――このくだりは思いだすたび可笑しい。犀星は彼を見かけると必ず「やあ」と言ってニコニコしながら帽子をとってしまうというのだ。

「僕はそとを歩いてゐると絶え間なく挨拶をして歩かなければ、ならないかも知れぬ。それほど生きて見てゐると、生きねばならないことが痛感される。老ぼれ狸のはらづつみは胃腸病院で、どうやら痛みがとれたから、これまた敲いて踊らねばならないからである」

繰り返しになるが、犀星は六十代の半ば、昭和二十九年（一九五四）にひと月以上胃潰瘍で入院した。翌年から「女ひと」の連載がはじまっている。同じ年に、六年間の沈黙を破って『黑髪の書』を新潮社から出している（前出の谷田昌平が単行本化の担当編集者）。

引用の文章の、絶え間なく挨拶して歩いているとは、絶え間なく筆を走らせていることと同義だろう。心が活動してくれなければ不可能なことなのだが、犀星は、恋していると世界が一変して見える少年の日のうぶな恋を、そのために、借りた。

そのために、という作為が、私はやっぱり、多少はあったと思う。六十代半ばの彼には、家人にも覚られなかった女性がいたようだ。彼女が、胸の奥深くにいなければ『女ひと』のエモーショナルな文章の艶がでなかったろう。この随筆集は、ざっくばらんに、話があちこち飛ぶが、それが散漫な印象になってしまっただろう。

「夏になると女の人の聲にひびきがはいり、張りを帯びてうつくしくなるのは、氣候が闊達旺盛なせゐであらう」という一文を読んでも、〝一般に女性というものは〟という気持の発端からでは、抽象的で希薄になったろう。引用の文章の対象が思い人《おもびと》その人ではなく、単なる知り合いの女性であったにせよ、その特徴を思い人にもかぶせている確かさがある。

犀星は、女性が好きで『女ひと』を書いたのだが、女とはいえ剥ぎとれば女の格好をした人間にすぎない。好きな人間もいれば嫌いな人間もいるように、好きな女、嫌いな女もいるだろう。人間から女を抽出することができるのだろうか。女の肉体的な美しさ、つまり器を愛でていただけだろうか。

男のかたわれとしての女のイメージは今よりも、平成・昭和・大正・明治とさかのぼっていけばいくほど色濃い。

明治生まれの詩人である永瀬清子は、犀星より十七歳若いが「アポロたちも」という詩の中で、「ひざまずき仕える事だけをよろこびとして／女には己《おの》れと云うものはあり得なかった」と書いている。女たちは「その運命にあらがいながらも／そこにあるのは常に個体ではなかった」と。

そして、男が死する時、女はその葬りのために残るのだと言っている。

「それはただ男たちをやさしく被う屍衣としてのみ残る」という一行は、年老いて皺寄った老婦の肉体を、一枚の柔らかな屍衣にたとえた忘れられない詩行である。看取りのためのかたわれであるとの女自身の認識は、永瀬清子が、いかに新しい女とはいえ、明治女のしっぽを隠し持っていたせいだろう。

このような女の心根、おおまかに言えば母性を、女という人間の固有性として見ていたかどうか。「女を信じるということは女の美しさを信じることであつて、心の問題ではない」

などと平然と言い放つ犀星であるが、女性がひとりの男性にかける人情や、女性がつかうことばの様々な色合いを確かめ、女という才能を愛でている感じがする。また、同時に女性を鏡として、自分という男を映してもいる。

『黄金の針　女流評傳』

室生犀星は高揚期と沈滞期を繰り返した作家である。大きくは三度の高揚期がある。ひとつめの高揚期は大正八年（一九一九）からだ。その前の年の大正七年に『愛の詩集』、『抒情小曲集』という二詩集を出し、詩人としての地位が確立、郷里の女性と結婚している。そして、大正八年に小説「幼年時代」を書いて、「中央公論」の編集長・瀧田樗陰に送り、掲載される運びとなった。続けて同年「性に眼覺める頃」、「或る少女の死まで」がそれぞれ同誌に掲載された。翌九年には三十篇、十年には四十篇もの小説を発表している。この活躍がやや衰えを見せるのは大正十二年（一九二三）の関東大震災に遭ったあたりではないか。

第二の高揚期は昭和九年（一九三四）、「あにいもうと」、「神かをんなか」、「チンドン世界」など市井鬼ものと呼ばれる小説を書き始めた時期。昭和十年、十一年、十二年と活躍は続く。この時代、日本は満州事変（昭和六年・一九三一）を起こして世界から批難を浴び、昭和八年に国際連盟を脱退して以降、孤立化を深めていった。活路を見出すために東南アジアにも侵略をはかろうとした。都市部の経済恐慌、農村部の大凶作により社会は疲弊し、失業者が多くなった。犀星の小説は、そうした社会を背景に、巷にたくましく生きる男女の絡み合いを描いている。作家生活にかげりを見せるのは戦争が激しくなり、昭和十九年（一九四四）に軽井沢に疎開してからか。二十四年まで疎開の暮らしは続き、再び東京に戻っても主だった著作の刊行はない。二十九年にはひと月以上胃腸病院に入院している。

三回めの高揚期は、随筆集『女ひと』の好評がきっかけだ。昭和三十一年（一九五六）に「杏っ子」の連載が始まり、三十二年には王朝ものの集大成である「かげろふの日記遺文」の連載が始まる。その他、三十三年十二月に『我が愛する詩人の傳記』が刊行されるなど、すぐれた作品を多く著し、数々の賞に輝いた。昭和三十七年（一九六二）三月二十六日に肺癌で亡くなるまで猛然と書き続けた（享年七十二）。

『黄金の針』（昭和三十六年・一九六一　中央公論社）は晩年の一冊であり、『我が愛する詩人の傳記』（昭和三十三年・一九五八　中央公論社）と好一対をなす評伝である。『我が愛する詩人の傳記』には男性詩人十一人（雑誌の連載は十二人だったが、佐藤惣之助は遺族の同意が得られず本には収録されていない）、すべて物故詩人が取りあげられている。北原白秋、高村光太郎、萩原朔太郎、釈迢空、堀辰雄、立原道造、津村信夫、山村暮鳥、百田宗治、千家元麿、島崎藤村である。後書に「詩人傳は用語から高度のよそほひが習慣的に必要であつたが、それがからでないし、各詩人の人がらから潜つて往つて、詩を解くより外に私の方針はなかつた」とあるように、詩人論として大変面白い。

『黄金の針』は女性ばかりを取りあげている。詩人ではなく皆小説家である。しかも、一人林芙美子を除いて、活躍中の作家ばかり。この二冊は、男性詩人と女性作家、死者と生者と見事に対照的である。とはいえ、書き方の指針は同じだろう。人柄から潜って小説を解きたかっただろうが、懇意でない女性も多く、編集者などとともに相手先を尋ねたりしている。じかに会ってその器を確かめて書きたい人なのだ。

今回、私は犀星の〝女ひと（論）〟をひとつのテーマにしたいという思いがあり、『我が愛する詩人の傳記』の影に隠れがちな『黄金の針』を取りあげる。

女性作家の十九人は、円地文子、吉屋信子、森茉莉、佐多稲子、小山いと子、林芙美子、中里恒子、曽野綾子、平林たい子、宇野千代、野上弥生子、幸田文、網野菊、壺井栄、芝木好子、有吉佐和子、由起しげ子、横山美智子、大原富枝。

『黄金の針』は、造本としても美しい。薄青い見返しをめくると、小ぶりで女学生のような丸い文字で「おうごんの針をもて文をつくる人々の傳記　室生犀星作る」とある。これは犀星の発案だろうか、「室生犀星作る」というような人なつこい、素朴な可愛らしいことばは、現代にも通用する女性感覚に溢れている。『女ひと』の編集者だった谷田昌平の文章を読むと、犀星は表紙の絵をはじめとして、本の宣伝文句までつねに自分が強く関わろうとした。ちなみに『黒髪の書』の表紙絵は気に入らなかったらしく、人に送る際に、その表紙絵をはがして、送っている。

『黄金の針』は箱入りで、オレンジ色の地に満開の白梅の花が一枝描かれ、タイトルと名は、犀星直筆。品よく風格もあるが、なにより女性が好みそうな愛らしさが印象的だ。

「女流作家は着物を縫ひ上げる手技の細かさを持つてゐるから、小説を書くのにも一針も餘さずに書く、男の作家はぷつりぷつりと疊屋さんの三寸針の心得で突つ徹して行く。女流作家の原稿紙は裏側から見ると縫目の列が揃ひ、男はがたがたである」

これが冒頭の、円地文子を取りあげた文章の書きだしである。一見、女性たちの「縫目の列が揃」っていることをほめているようだが、そうではない。引用文の次にすぐ「小説といふものは餘りきちんと仕過ぎると面白くない、小説の祕法は小説を書くことを知らないふうで、小説を持て餘してやつと書いてゐる狀態が好ましい」と、自身の小説作法のほうまで筆を伸ばして、女性作家をいったん突き放す。

『我が愛する詩人の傳記』には各詩人の横顔や自分との間柄、そして詩作法が明かされているが、『黄金の針』のほうは、同じ小説家として一言あるようである。

十九人の一番めに円地が取りあげられたのは、大家であったからであり、「あたり柔らかく皮肉も毒氣」もない人柄が親しみやすく、順当な選択なのだろう。文章のほうは、円地は「描法の慾は深く執念は強い」と言っている。その小説からのけっこう長い引用などもあり、一応評論の体裁はとっているが、描写についてちょっと物を言う程度で小説そのものに対する解釈や感想はほとんどない。むしろ、彼女その人に会った時の印象などに犀星独自の目つきが表れている。

「川端康成は清痩骨も透らんばかりだが、あの骨に絡んでゐる少ししかない肉の密度が、普通の人の二倍くらゐこくがあるらしく、あの肉が燃えるのだとかねがね思つてゐたが、圓地文子もやはりぽたぽたした肉で何時も書くのだと思つた」

犀星の「作家は肉体で書く」という視点は、そう珍しいものではないかもしれない。肉声ということばもある。しかし、実際にフィジカルな意味でのそれ――「ぽたぽたした肉」で書くというような、生な、じかの身体を（親友や身内でもないのに）対象にするような発想は、異様に思う。円地さんの「圓い肩先」に触わった時、「うさぎのやうな柔らかさであつた」などと書くのは今で言うところのセクシャルハラスメントなのではないだろうか。

女流（犀星は当時の呼び慣わし通り、何の疑いもなく女流と言う）を書く時は、女の人とのレンアイの形式を借りているようだ。そのほうが相手の懐深くまで、同じ作家としても、我が事のように、まっすぐに入っていくことができるのだろう。男の場合には、親友といえども心を許さず、相対《あい》している。

円地文子は、「ねっとりした脂肪」の「あぶら」が「原稿紙にしみ亙るらしい」と言っているのは、書かれた当人が眉をひそめただろうと思うのだが、同時に一理あると思ったかもしれない。活字の無機的な列からは推し量れない、まっさらな原稿用紙を前に苦汁をなめてきた長い経験をもつ作家のことばである。

十九人のうち、連載している時点での故人は林芙美子ただひとり。彼女のその初期作品は「感情の上のがたがた」があったとして、「何時も自分といふ者を土臺にし身を持つて書いたことが當つた」と述べている。

ところで、河野多恵子と、山田詠美の対談（『文学問答』平成一九年・二〇〇七　文藝春秋）で、河野多恵子は日本の文学史上で女流作家の地位が最も高かったのは平安時代で、次に高かったのはプロレタリア文学の世界だと述べている。おおよそ昭和初年代以降からのことだろう。

「プロレタリア文学は公平主義を侵せないから（略）家庭ではどんなに封建的な夫婦喧嘩があっても、作品の評価は公平だった」として、平林たい子、宮本百合子、佐多稲子の名を挙げ、プロレタリア文学ではないけれどと前置きして、宇野千代、林芙美子もその余慶にあずかっていると言っている。

河野多恵子が名を挙げた五人のうち、『黄金の針』で取りあげなかったのは宮本百合子だけである。彼女は連載当時もう亡くなっていたから取りあげなかったのだけれど、林芙美子は亡くなっていても、その小説が好きなためにはずせなかったのだと思う。「いまのところ女流で僕の樂しんでよむ作家は、林芙美子一人くらゐである」と書いている。

林芙美子は、生いたちの複雑さや貧しさなどで有名な作家だ。商いをしながら母と義父に連れられて全国を転々としたことや、娘になってからの男たちとの関わりなどを「悉く拾ひあつめて」大成した。自分の生いたちや子ども時代の暮らしぶりとは異なるとはいえ、犀星は彼女とどこか似た者同士という共感があったと思われる。犀星は幼年期、思春期に、血の繋がらない家族と暮らしていた。そのことや、朝からお酒を飲んで貰いっ子を蹴散らしていた養母のことなど、何回も題材にして書いているが、実際に自分の身に起きたことを描きながらも、それがフィクションの礎となることを知っていた。私的な話から普遍的な主題へとうまく書けば伸びあがるのだ、ということを本能的に嗅ぎつけていたと思う。自分の身に起きたことも起きなかったことも、何でも書いてやるぞという気概は、この世のあり方や人間性を筆でぎりぎりまで追いつめて暴《あば》くことに繋がったのだ。林芙美子も同類である。

彼女の詩については「詩を愛するための細かい氣づかひ」が感じられずに、「すらすらと何時も書きながして」いる、と否定的だが、小説はそれとは別で、「文章は輕快ではないが好もしい半晴半曇の光景でひろがつてゐて、林芙美子の書く空の色はいいと思はざるをえない」と述べている。

また、その容姿については、三、四度会い、ちょっとくらいは話したことがあるようなのだが、まだ有名になる前の彼女を最初に見かけた時のくだりが、不思議なほどにどの作家の様子よりも印象に残る。

犀星が田端にいた若い時分の、夏の宵のことだ。犀星は小路に、ある男を訪ねた。彼のところには三人ほど男の友人が来ていて、門前で立話をしていた。犀星は立ちどまって待っていたのだが、「おなじ塀つづきの薄暗がりに女の人が一人佇つてゐて、三人連れを待ち設けてゐるらしく、浴衣がけの白いすがたがぼやけながら其處だけが明るく、それだけに一層女のすがたを匂ひ強い感じで現はしてゐた」

あとで、男から「あれが林芙美子といふ女で詩をかく人だ」と聞く。「私はその名前と浴衣がけのすがたを頭におぼえた」と言っている。

ここでの林芙美子は美女と同義である。彼女を美女という人はあまりいないが、犀星は、自身がいまだ作家として芽が出ぬころに、自分と同じように詩を書く女の、さびしげな風情に一目惚れしている。

年若く美貌に定評のある曽野綾子や有吉佐和子には、はしっと見つめているところもあるが、染み通るものを感じていないし、自分の性に触れている様子はない。戦時中に従軍記者として大陸に渡り、男の作家を尻目に漢口（陥落）一番乗りとして騒がれ、大成後に大きな屋敷を建て、貧しかった母親に上品ななりをさせ、虚栄をみごとに花咲かせた林芙美子を、源氏物語に登場するような一女人として捉えたことは、十九人中ただ一人、すでにこの世の人ではない彼女への大いなる手向けのことばとなっただろう。

興味深く読んだのは、森茉莉の章である。犀星は彼女に特別な思いを抱いている。いまだ二十代の「書生つぽ」の時、偶然、千駄木町の団子坂上の森鴎外の屋敷の前を通り、出勤しようとする鴎外に行き合わせた。背の低い馬丁が一人ついた馬上の鴎外を仰ぎ見た犀星は、「偉い人といふ偉い人に、も一つ偉い人を積み重ねた人」に対して恐れおののいた。若いころのただ一度の邂逅を昨日のことのように書きつける犀星にとって、その娘であるということだけで「尊敬しておつきあひに些かの光栄を感じて」いるのは当然のことだろう。

「婦人公論」の連載のために昭和三十五年（一九六〇）の一月に、編集者とカメラマン、それに朝子を伴って四人で茉莉のアパートを訪ねている。が、彼女とは初対面ではない。数年前の夏、突然茉莉が犀星の家に挨拶にやってきた。その描写が、茉莉その人をそっくり伝えている。

「黒つぽいやうな洋装で、何處か外國の植民地あたりに長期間滞在した婦人のやうな風采の印象を受けた。早口で聲が圓くて言葉が玉つ子のやうに零《こぼ》れてゐて、聽きとりにくい趣きであつた」

頭の回転は速いが、自分のイマージュの世界に閉じこもりがちな、オタク的要素をもった女性が思い浮かぶ。

今度は逆に犀星が、茉莉の六畳一間の部屋を訪れることになったのだ。それにしても部屋の三分の一の場所が寝台というような所に、よくぞ四人で詰め掛けたと思うし、招じ入れたほうも招じ入れたほうだと思う。「瓦斯も水道も廊下まで出て行つて使ふ」ので、冬は湯たんぽで暖をとりつつベッドで原稿を書いていると言う。

「我々は間もなくこのさびしい部屋から去つた」と書いているが、その貧乏暮らしには、ベッドの中央に客が入ってきても「ぴくとも」動かない黒猫がいたり、ベッドの前側に、趣味で集めた空き瓶が並べてあったりする。その自由な空間を、犀星は「さびしい」と憐れんではいるが、同時に「贅沢貧乏」の贅沢の部分も見逃していない。

窓から子どもが「森さん、何んか落つこちて來たよ」と空《から》の袋を差しだしたり、隣の奥さんが「いい瓶が手にはいりましたわよ」と空き瓶をくれたり、近所の人たちとの付き合いを何事もない顔つきでやりすごしている森茉莉の超越ぶりを、ちゃんと観察している。

鴎外の偉さが娘の中に破片のようにちらばっていると、犀星は言いたかったのだと思う。「蛇のように賢く鳩のように素直に」とは聖書の文句だが、貧乏暮らしの中で「針を研ぐ仕事を急いでゐられる」賢くすなおな彼女を訪問した晩、犀星は寝つかれず睡眠薬を飲んだ。

一方、茉莉のほうはある文章で、犀星をこう描いている。「腰に刀を差し、その束に左手を輕くおいて、立つてゐた。そこはいづくともわからない、風の吹く野づらで、あつた。室生犀星は鋭く、異様に見える眼を上げて、空のあたりを見てゐた」

その「風の吹く野づら」に、久しぶりに連れていかれたような気がした、と犀星はこの章を結んでいる。

「小説をかくといふ困難な仕事は、ざつと十人くらゐの作家の頭を併せて持たなければならない」

「女流作家は信念が強いのか、作風をがらり變へることが滅多にない」

「毎日小説をかくといふことは毎日人間のあらを捜し廻つてゐること」

「小說家になることは人がらが惡くなるばかりの一面と、それと正反對に人間を良く見ようとする物優しさがこみあげてくる一面とが、何時も相携へて訪づれて來る」

このように、女性の書き手の身を突っつきながら、自分も小説家であるがゆえの、折りに触れての感慨を随所に混ぜて、スパイスにしている。

その著書だけをたぐり寄せて、あれこれ言っている——つまり、書評の体裁をとっているのは平林たい子くらいだろう。身体的描写の多い彼女の小説に魅かれているためだろうが、それに次ぐのは林芙美子、大原富枝の小説くらいか。

その小説にはあまり興味が湧かなくても、時の人で美しいからという理由でだろうか、曽野綾子を挙げ、「芍薬君」と言っている。作家の集まりなど人が大勢いる会場に「ぽつかりと芍薬みたいな顔を眞正面に現はした」と書く。美人のたとえではあろうが、その美は本人の意識にのぼらず、観賞する側も同様であり、単に会場に大きな花が活けてあるような描き方だ。

中里恒子の、冗談ひとつ言わず、冷たい感じがするのを「西洋らふそくが燃えてゐる感じ」と言っている。

壺井栄は「ゐなかの富有なおふくろさん」のようで「にこにこさん」とあだ名をつけ、網野菊は「名優のけはひがあつた」と言い、野上弥生子は「(七十五歳の)童女」。宇野千代は「女優さん」、芝木好子は「奥様小説家」。そして自分のことは「大森の札付爺」などと言っている。

各々十枚ほどの原稿の中で、相手を自分の懐に入れるための、(全員ではないが)その場のみの愛称をつける。それは相手に呑まれないためでもあるし、同時に呑まれてみるためでもある。

何度も言うようだが、犀星はこの連載の翌々年の三月には、もうこの世の人ではない。

「大森の札付爺」はさいごの脂で、この女性たちの上を滑っていったのである。
　面白かったのは酔っ払いの小山いと子サンの決まり文句。「これ一杯だけです」
私は小山いと子の小説を読んだことはない。が、昭和という動乱の時代は、破天荒な人たちも包んで流れていった。犀星は大弱りで、彼女の「ぐでんぐでん」ぶりに応待し、「貴女《あなた》と一緒にゐる間まるで拷問に遭《あ》つてゐるやうなものだ」と頭に血が上って立ちあがると、「これ一杯だけなんです」とまた続く。

　彼女を叱りつけてタクシーに乗せ、自分は別の車に飛び乗って帰ったのだが、その時運転手が、「先刻からずつと聴いてゐたんですが」と話しかけてきた。「あの方はあれだけ酔つていらつしつても、ちつとも言葉をくづさないでゐられましたね」——犀星はこういうひと言を付け加えるのを忘れていない。

　小山いと子はある時、面と向かって、あなたは青くさい、そこが我慢ならないと言ったらしい。それに対して犀星は、「青くさい物のない作家は萎えて了ふのだ」と言い、「女流作家はすぐ大家になつてしまふ」と斬り返している。「面白くも綾もない大家はその心まで固まつてしまひ、鑿《のみ》でそれを削らうとしても刃もたたないのである」

　また、犀星は、小山いと子の『海は満つることなし』の初夜の場面を引いている。それについての講釈や感想はない。彼女だけでなく、登場する他の作家の、女性の肉体をもつものとしての体験や、女の内側を見せている文章には注意を払い、好奇心をもつ。その覚悟のほどに敬意をもっていて「女性作家の悲しみも此処にあるし色好みにご馳走してやつたといふ憤りも、また此處に在る」と書いている。一人の男性（作家）としての位置取りがはっきりしているが、その好奇心が下品には映らない。

本書の前半から半ばあたりまでに取りあげた作家には書くことがたくさんありそうだったが、後半の網野菊、壺井栄、芝木好子などには困って弱っている感じがある。自分を励まし、ともかくなんとか原稿十枚をもたせているのだが、そのもたせかたに精彩があって、犀星本人がよくでていて、前半より面白いくらいだ。

書評然とした平林たい子の章などは、逆にまともすぎてつまらない。批評家になってしまうと、もっと鋭いことを言える人が他にいそうである。

犀星の文章のよさは、無意識の領分をまさぐり、潜り込みながら、思いや情念や想念が、ただひと筋の光明のように自分を突き動かしていくところまで追うところにある。ある思いに浸されるようなたっぷりしたものではなくとも、ひりひりと乾いた心根が、過ぎていく日々に雑草の白い根を見せながら息づいている、そこを写すのだ。

無限や永遠といった想像することも不可能な、膨大な時間の流れのうちの、ほんの一瞬でも、人間の生が与えられ、また圧倒的な時間の中にこなごなになるのはどんな理由があってのことだろう。そんな不安や不信を抱えながらも、繰り返す日々を送れる愚かさを僥倖として、彼はその蜜を甘んじて受けた。

死がランドセルのようにすぐ裏側にあって、それを背負って生きている老犀星の文章は、書きすぎて、だらけてきていても旨みが凝縮している。

芝木好子の章は、書評でも人物評でもなく、映画化もされた彼女の小説『洲崎パラダイス』を取りあげ、自分が二十代の半ば、遊郭に通ったことを書いている。相手をつとめてくれた女の人はいつも眠たがってばかりいた。「こんなに睡たがることでたすかる人はこんな商賣をしてゐる女達だけであろう」

「彼女達の睡りは私が山みちを下りたやうに身づくろひする後にも、決して起きないでそのまま睡りを續けてゐた」

一読で彼女らの哀れな境遇が覗かれる。犀星の文章にはレンビンの一滴が必ずあって、すさみは感じられない。洲崎の女も、そこに寄る男も実際はすさんでいただろうに、思い出の中の彼女らに、犀星は今はじめて声をかけている。

「あなた方と私のことは口ではいへない卑しいことに思はれてゐる。だから文章に現はしてゐると恥かしい思ひがしないで濟む」

これは特筆すべき物言いではないだろうか。恥ずかしいことは伏せたくなるのがあたり前だろうが、文章とはありのままを記すものではなくって、造形であるという姿勢が表されている。もともとゲンジツをありのまま、空気感までそっくりそのまま伝えることは不可能である。書き手その人の肉体を通して、ことがらが語られる。私たちはゲンジツではなく、その人の話（語り）を受け取る。脚色があるだろうがかまわない。その人が外界からじかに受け止めただろうどんな悲劇でも、人間くさい嚙み砕かれ方とまろやかさがゲンジツからの風よけとなってくれている。人の語りという媒介を渋紙の愛と呼んでもいいかもしれない。

『杏っ子』

犀星には、一見すなおな心の流露に見えても、文章は意匠を凝らすものであり、自分はその方法を編みだした熟練工だという自負があったのだと思う。「口ではいへない卑しい」育ちでも、文章や詩であれこれ意匠を凝らして描くことで、恨みの桎梏もいくぶん解かれたのではないか。

ともかく、この感覚があったからこそ『杏っ子』（昭和三十二年・一九五七　新潮社）の始めのほうでまたもや自分の生い立ちに触れ、新しい展開としては娘・朝子の離婚を取りあげている。朝子には一言断りを入れて、内輪の「卑しい」ことがらを、「恥かしい思ひ」の外に追いやった。文章を書くのは生計を得る手段の他に、そのような意味があったのかと思う。

老犀星は変転する世界情勢のように一刻も滞ることなく、分刻みで書こうとした。「文士の悲しみ」というエッセイに「文章といふものは書いたときから二週間も經つと、二週間だけの古さが生じる」とある。

亡くなるまでの日々の速度と競っていた。物を書く人間、特に犀星には大鍋の湯がぐらぐら煮立っている過剰なところがある。

生理的自然に身をまかせていたら、不条理にやっつけられてしまうとでもいうように。これは私だけの感覚だろうか、町を歩いていても新しい建物が短いスパンでまた別の目新しい建造物になっている。以前はどんなだったか思いだせないこともしばしば。知り合いや友人、親族が次々他界するし、自分もまた外見も身体機能も衰えていくしで、実際の話、とてもシュールな感覚だ。ゲンジツの本質とは超現実としか思えないキテレツさだ。

そんなものを土台に、生きている。この世界に七十七億の人が自分と同時に生きているのに、まるでたった一人でこの世界にいるかのような、長い一人の時間を過ごしている。それぞれお互いに。そのこともまるで非現実のようだ。犀星を読む人というのは、そのキテレツさに容易には呑み込まれない書き手の、脂汁のように自然とにじみだす語りに蛇のように巻かれて、こちらの能面のような気持がほどかれる安心を得るのかもしれない。

『杏っ子』は新聞小説のためか、文章がいつもより粘らずに、叙述もあまりくどくなく、事実経過に沿って景色がすばやく変わっていく。この長篇について、言うことはあまりないのだが、印象に残った箇所を挙げる。

「四十年後の喧嘩」という前のほうの章だ。貰い子を虐待とすれすれに育てている元飲み屋の莫連女《ばくれん》(すれっからしの女)青井かつ(モデルは赤井ハツ)が、おとなしい小柄な住職(モデルは室生真乗)をまるめこんで寺の「控へ家」に住んでいる。

ある晩方、平四郎(モデルは犀星)が厠に行こうとして「重い襖戸《ふすまど》を開ける」と二人が組み合っていたのだが、子供の目には二人がケンカをしているように映じる。しかし、それから四十年ほど経ち、やっと二人のしていた行いがわかる。それをこう書いている。

「かれらの生態には微塵《みじん》も色氣や、ふざけたところを見せなかつたことで、やはり教へられるものがあつた」。また、青井かつが子どもたちに「行ひ」を見せなかったことは嘆賞にあたいするとして、「われわれがかれらから貰ったものでは、こいつが一等ぴかつと今でも光つてゐるものであつた」と書いている。

三人の貰い子をこき使い、前に座らせて酒を飲んで酔いつぶれる女であっても、ほんの少し善いところを掬うことで、人に厚みをもたせている。実際、作者の眼差しと、文章の中で鮠《はや》のように泳ぎまわる筆つきに、読んでいる者まで速い血が流れるのである。自分にも動く心臓があることに気づくのだ。

鮠という語で思いだすのは、いつ発表されたのかわからないが、私が傑作の一つだと思う短篇「鮠の子」。

鮠は分布域がひろく、なじみのある魚だが、犀星は、ひとつはこの名前に刮目したのだと思う。すばやいということなのだ。すばやく動きまわることや、一生をすばやく生きるという意味合いも兼ねて、鮠を主人公に大人の童話を書いた。

主人公は鮠子、若い美魚である。彼女は拒むのだが、オスたちが四匹（鮠一、鮠吉など）

に迫られ情交する。中には白爺という七年も生きているご老体もいて、彼女は若いオスたちから身を匿ってもらうため白爺に救いを求めるが、彼は若い奴を一匹呑み込んで、鮎子を抱きつつ死に絶える。若いオスたちも、それぞれが生命を終える。

鮎子は卵を生みに河川を上らなければならない。苛酷な運命はオスであれメスであれ、どの個体も一緒だ。流れを上り、禁漁区の、静かなところに行き着いた彼女は、オスたちのことなど忘れ、懸命に産卵。「卵らを水の面の明りで見ることだけが鮎子の願ひになつて來た……」で物語は締めくくられる。

彼ら彼女らのすばやい一生は「急がずにおちつかうとしても、誰かが急がしてくる奴がゐるのだ」とも書かれている。ひとときもぼんやりとはしていられない。書き手の精神状態を反映してもいるが、魚をダシにして人間社会の「非情酷薄」な摂理や、有限であるヒトの生物時間を、脂ののった、それこそ若鮎のようなぴちぴちした筆運びでひと息に書いている印象をもつ。

王朝ものに描かれた女　「野に臥す者」「舌を噛み切った女──またはすて姫」「山吹」「玉章」

人がめったに通らない山道や、灯が消えてしんとした川べりなどに立つと、誰かに見られているのではないかというような神経症的自意識が拭い去られる代わりに、自然の非情な懐に迷い込んでしまった怖れがおなかの底から突きあげてくる。東京育ちのせいもあるのだろうか。人気《ひとけ》がないのは都会の夜道も一緒だけれど、都会は人の姿が見えないだけで、近場に誰かが居ると思う。だからほんとうに人里離れ、獣たちの棲む領域に踏み込んでしまった恐怖は詩情をはるかに上まわる。

野生の猿や熊、蛇や野犬等の恐怖をそれほど抱かなくともいい場合でも、目の前の樹々や下草や泥や水流などが、観賞というのではなく、自分を超えるものとしてそこにあって、黝《あおぐろ》い実在感をもって肉迫してくる——犀星においては、そこが物書きとしての出発点だったかもしれない。

それにしても、年老いた男と若い女のカップル、その女を若い男が狙っていたり、支えていたりという構図の小説が、わりによく書かれているように思う。「鮠の子」もそうだが、昭和二十六年（一九五一）に書かれた「餓人傳」、王朝ものの「舌を噛み切つた女——またはすて姫」（昭和三十一年・一九五六）、王朝ものの中編「山吹」（昭和二十年・一九四五）等々。

「餓人傳」と「舌を嚙み切つた女」は、ともに社会からはみだした、はぐれ者の群れが描かれている。「餓人傳」は乞食であり、「舌を嚙み切った女」は盗賊。そして二篇ともに集団の中の紅一点をめぐっての争いを描いている。

女は仲間のひとりの若者に執着し、隙あらば情交をもとうとしている。しかし年老いた男がそれを許さない。

年老いた男、若い男、女という三者の構図は共通していても、その関係性やそれぞれの性格造形は一様ではない。

「餓人傳」は、女（おわた）は三十六歳で、彼女が若い男（清）の寝床にしのび込む。事が果てると清はおわたを足蹴にして、互いに口汚く罵りあう。

「（清は）和田平の方に聞えよがしで呶鳴り立てた、それは一つには和田平に言ひ譯をするためにも、おれが惡いのではなく嬶さんがやつて來たからだ、やつて來なければ何事も起きはしなかつたのだといふ意味が含まれてゐた」

老いた男である和田平のほうは、二人がいがみあう声を聞いて、じきにおわたが戻ってくるのを知る。乞食たちは、お寺の堂裏に散らばって寝起きしているのである。和田平はおわたが「驚くべき僅かな間に拔け出て」清のもとに通うのを阻止するために小用を我慢するほどだが、おわたが「ひと思ひに殺してしまつても殺し足りない女」であることを知っている。我《が》を通すのに並々ならぬ力がある。和田平は煩悶しながらも、清のもとから帰ってくるおわたに「どうだ快かつたか」などと聞くような男だ。そして、「人手に渡つたおわたの、或る不思議な、まるであたらしい女を迎へるやうなものが感じられた」とある。

このあたりの和田平の、複雑な心理が読みどころだろう。

吹雪の日、堂下の乞食たちは、和田平の発案で皆がかたまって体温を保とうとする。若い清が、吹雪の「風受け」になろうとし、老いた者ばかりの皆が感激する。心根の深いところでは特殊な神々しさをもっている。乞食の乞食たるゆえんでもある。

そして話は、そんな彼らの上を行く者の登場で締めくくられる。学僧の毛利だ。彼はむしろを四枚もってきて「凍死するんぢやないぞ」と彼らに声をかける。毛利の登場はじゃっかん唐突だが、単なる痴話話に終わらずに、風通しのよい一篇になったと思う。

「舌を嚙み切つた女」のヒロインは「すて姫」だが、娘にふさわしくない野卑なことば遣いである。

ボスの袴野ノ麿《はかまのまろ》は年齢がいっているようだが、山賊の手下は皆若い。特に野伏《のぶせ》はきわだっている。すて姫は袴野の女ではあるが、野伏の存在を意識し、袴野もそれに気づいて監視をおこたらない。

もう一組、別の山賊の頭である貝ノ馬介もすて姫を狙っていた。すては「もとは侍の落し子」で、十三歳の時に京の町から奪われてきた。そのため京の風俗習慣や京の匂いへの飢えがあった。一度、山賊に襲われた藤原良《よし》通の娘を助けたこともある。

すては中年の袴野に育てられ、現在は夫。その恩義を感じていた。貝ノ馬介に犯された時、すては彼の舌を嚙み切る。「それより外にあたしの逃場がなかつた」と平然と言う。

しかし貝ノ馬介の子を孕んでしまったすてを袴野は、容貌が衰え汚くなったと遠去ける。若い野伏がすてをかいがいしく世話をする。野伏は端役で、彼の言動は省かれているが、そのような若いけれど心優しい男もいるということが、作品に重層性をもたらしている。すては子を出産。袴野は、女に戻った彼女に近づくが、袴野がジャマな赤児に手をかけようとすると猛獣のようになり、あんたもこのようにしてやると竹の火箸を歯で嚙みくだく。唇から鮮血がほとばしる。

そしてすては、昔助けた藤原良通の娘の住む京へ、子を預けてもらいにいくと言って馬上の人となる。すてが京から戻るかどうかはわからない。

犀星の王朝ものはファンタジーであり、時代考証などはあまりなされていないようだが、男女のさまざまな局面、その思いや様子が目に浮かぶように鮮やかに描かれている。男女の愛が主題であるために、多少込みいった事情があるにしても万人にわかりやすく、訴える力をもっている。

犀星は王朝もので遊んでいたのだろうか。『犀星王朝小品集』（岩波文庫）の解説で、中村真一郎は「ある時、老犀星は中年にして妻を失って孤独をかこっていた私をからかうのに、『君、自分のこととして、小説に書きにくいことは、大納言は……とやればいいんだよ』」と笑いながら言ったとある。

中村真一郎は「王朝時代の仮面のしたに、現代物のレアリスムでは不可能な、極限的人間心理の実験を、老先生は不逞にも続けていたという事実である。些々たる歴史的風俗の間違いなど、犀星にとっては考慮にあたいしなかったのである」と述べている。

犀星は昭和十五年（一九四〇）、大和物語に材をとった「荻吹く歌」を王朝ものの第一作として書いて以来、延々十八、九年の長きに亘って、ポツリポツリと発表している。

私がその王朝ものの中で一番心惹かれるのは長篇『かげろふの日記遺文』を別とすれば、「野に臥す者」である。

長身の美しい女が、月のない夜半、家人が寝静まってから庭渡りをする。皆怖くて夜の庭を横切ることができないらしい。

「庭わたりのできるやうな素早さをつつんでゐる者」が、ヒロインの「はぎ野」である。引用の「素早さをつつんでゐる」との言い回しはあまり聞き慣れないものだが、犀星はこのような目新しいことばの組み合わせで、物語世界を築くための画鋲にしている。

ヒロインのはぎ野は町の出身だが「武家の者のやうに立居振舞が正しい」男好きのする女。家の若主人である経之《つねゆき》の婚約者である。だがはぎ野の心は、弟の定明の上にある。物語は、振られた格好の兄に視点を据えて、弟とはぎ野の恋の行方を追っている。

はぎ野は野性味が強く、庭渡りをして好きな弟のほうに会いに行く。

経之から見ると、定明は弟とはいえ、異母兄弟であり、「仕への女腹」の子である。父が亡くなった後、定明は引き取られて育ったが、「異常な野性と、放埒な氣性」と説明されている。弟の母は、まるで犀星の実母のように主人を失い、息子が引き取られると、姿を消した。弟は兄に反抗的であり、朝から酒を飲んで宮仕えをさぼる。いずれ野に暮らすと言っている。賢兄愚弟の典型とも言えるだろう。

兄の経之が、屋敷にいる実母を侮辱されたと怒る兄弟喧嘩のシーンでは、兄が弟に平手打ちをくらわせる。弟は館に戻って小太刀を摑み、素足で庭石の上におりる。兄は小太刀を払う。弟は激情のあまり刀まで持ちだすのだが、そのことに後ろめたさや気恥ずかしさがある。

はぎ野は待つ女ではなく、繰り返しになるが野性味のつよい積極的、能動的な女。互いに似たところのある二人はある日、館を捨て、野の小屋に住むのだが、村の畑から物を盗むというわるい噂がたつ。飢饉で収穫量が少ない時であり、村人同士の盗みも彼ら二人の罪にされてしまう。思いあまってか、村人らは野に火を放つ。二人を焼き殺そうとするのである。そこに馬に乗った武士（経之）が現れ、野を焼くのは死罪だと言い、火を消せと命じる。しかし火の勢いはおさまらない。

武士は野の洞穴を見つける。そこにいたのは弟の定明ただ一人、はぎ野の姿はない。兄と弟の最後の会話はこうだ。

「はぎ野は？」

「虱のわいてゐる乞食武士には、女は居つき申さぬ」

「なぜ女を斬らなかつたのだ」

「女は斬れさうで斬れない、はは」

そこで兄は憐憫をもよおす。馬の腰をたたいて、ここに乗れと言う。弟は「お構ひあるな」と強情をはる。

まるで歌舞伎の名場面のような兄弟のやりとりである。この一篇は男女の愛というより、異母兄弟の、ひとりの女を挟んでのせめぎあいと情が主題だ。二人のやりとりが野の業火が迫りくる中で交わされる。

死を覚悟している定明のすさまじさ。それは彼のなけなしの矜持なのだろうけれど、自滅は彼の意志を超えているのではないか。女が去って、もう彼には何もない。野に住む知恵などもとよりあるわけもなかった。自死の意志があるにせよ、ないにせよ、無意識のうちにじりじりとそちらに進む。時を止めることは不可能だ。彼のように劇的ではないにしろ、人は多かれ少なかれ、時間の火が自分を滅ぼす時が来ることを知っている。

しかし物書きは、自分の世界を広げて、そのまん中に座っている間は永遠の顔相になっていると思う。向こうから物語がにじり寄ってくるのだ。

犀星の王朝ものに描かれた女のうち、すて姫やはぎ野のような野性味のある女性は、じつは稀である。たいていの場合、美女は路地奥に隠れていた。高貴な身分の女《ひと》も零落した女《ひと》も、市井に住むだけの女《ひと》も、切羽詰まった青白い顔を伏せて、男の誓いを待っていた。

誓い通りに戻ってきた男もいたが、戻りがひどく遅くなり、杳として行方が知れなくなった女や剃髪した女もいた。鳥や虫など生きものを丁重に扱い、歌をよくし、いちずな心をもつ清らかな乙女たちだ。

万葉集の真間手児奈《ままのてこな》を思いだすような「姫たちばな」という短篇は、美女の橘姫のもとに、津の国と和泉の国の武家の息子が毎夜通ってくる。どちらの若者も遜色なく、姫もどちらかを選べば、どちらかが傷つくと思って二人ともに歌を返さなかった。やがて果たしあいになるだろう不吉な予感のまま物語は進む。橘の父は二人を猟に招き、二人に枝の黒ツグミを討って競わせるが、二人とも見事に一羽ずつ射落とす。

次は一羽のかいつむりを的にして射ることになるが、二人ともに失敗、互いに殺気をはらんで同時に射合い、二人とも命果てる。姫は二人の若者が相討ちした生田川のほとりで後追いした。二人の男の父たちは、姫が自害してくれたことをありがたがる。三人の父親が仲良く嘆いているのだが、それが悲劇を仄明るませると作者は思ったのだろうか。私には父たちが不気味に思える。

『大和物語』の「生田川」を下敷にして書かれているようだが、原点では生田川のほとりに住む女が、二人の男のうちどちらにするか決めかねて川に身を投げ、男二人が後追いする形だ。犀星の「王朝もの」はこのように、『大和物語』や『伊勢物語』などの幾つかをパン種にして話をふくらませている。ほとんど話を枉《ま》げてしまったものもある。犀星独自の世界と言ってもいいだろう。文章は、待つ女の思いを述べる時など、縷縷《るる》面面として尽きず、しばしばもってまわった言い方で情に厚みをもたせようとしている。

神巫《いちこ》や陰陽《おんみょう》師の登場する変わった一篇「花桐」には「凝と見つめてゐると戀愛より恐しいものはない、これは處刑であると同様にあらゆる人間のくるしみがそこで試されてゐるやうなものだ。そとで見てゐるやうな生優しいものではない。ここに凡そ苦痛とか快樂とかの種數をかぞへて見たら、ないものは一つもないくらゐだ」と述べている。

男と女の間のことを、このように崇め奉った作家だったのだ。

『室生犀星全王朝物語』（作品社）の上下巻の栞には、学者である折口信夫に物を尋ねている犀星の、何となく居心地悪そうな様子が伝わってくる。

少しばかり引用してみよう。

折口　「荻吹く風《ママ》」は大和物語でしょう。それからあなたは大和物語よりも、伊勢物語の中へ歩みをお移しになった方が、いいのじゃないですか。大和物語は空想の余地のない書き方だと思います。伊勢物語の方はもっと自由なところをひろびろと見せていませんかな。

室生　自分では半分恐わごわ書いています。

折口は、大和物語は想像の餘地を残さぬ歌物語であるとまた言い、犀星が質問した着物の話になって「あの時代からずつと着物への愛は日本文学の根本にあると思いますね（略）私など着物を知らないから小説家になれないとあきらめたような気がします。あなたはああ言う風に、着物をお書きになりますか」と犀星に水を向ける。

室生　もう全然書けません。気はづかしくて書けないです。単に服とか着物とかと書いてしまう。それに着物を書いていると文章が遊んでしまいます。

折口の、時代考証の上に立ち、考えを充分練ってから、どこからも疑問の矢が飛んでこないよう装備しつつ、それから小説を書こうとする態度と正反対なところに犀星はいる。「着物を書いていると文章が遊んでしまいます」というのは、折口への痛烈な一矢ではないだろうか。

また、犀星は、平安朝物語はこの年齢ではじめて見ました。そして一ぺんに興味が湧いてきました。達人から見たら笑われるかもしれません、とも言っている。
昭和十六年（一九四一）に雑誌に載った対談であり、犀星は五十二歳。その前年に、「荻吹く歌」という王朝ものの一作目を「婦人之友」に発表している。
対談では、話が『源氏物語』に飛び、折口は「源氏はやっぱり、私は若菜上下へまで来ねば駄目だと思いますね。あれが頂上ですね」と言い、犀星に向かって「源氏をお書きになったら」とすすめたところ、犀星はこのように答えている。

室生　いや、僕など、あんまりはいってしまったら駄目です。そのために何もかも知らなければならなくなったら私など駄目になるでしょうね。無鉄砲だからいいんで。

この最後のひと言など、無学な自分を恥じるのでなく、活かす道を探った犀星という作家の、自分を客観視できる能力を感じる。縮こまるのでなく大胆に押しだし、失敗も重ねるが、諦めずなお押しだしていくのだ。

好きな男を避けて放浪する女も描かれる。「山吹」である。山吹はうら若い女。彼女の恋の相手は年のいった検非違使《けびいし》ノ尉 橘《じょうたちばな》ノ紀介《のりすけ》。山吹が人生の曲がり角にたった時にきまって会いにいく幼なじみの若い侍も登場する。この三人の関係もただの三角関係ではない。

検非違使の紀介が若侍を訪ねた時の会話、

「(山吹どのは)生きるめあてがあなたのなかにあるらしうござる」と若侍は言う。

「では、なぜに避けられる?」と紀介。

「避けてゐて一層じつとそれに受身になるのがあの人の性分です。あの人はさふいふ間にしだいに深くはいってゆく自分を見ることが、生きてゆくめあてなのです(略)」

何度も読み返さずにはいられない不思議な心理であり、理屈である。ある男を避け、居所を悟られぬようつとめを変えていく女の生のめあてが、その男性にあるという設定には少し無理があると思う。しかし何らかの事情があって、好きなその男を避けているのだとしたらどうだろう。たとえばこの女が、名乗りでてともに暮らすことのできない複雑な事情をかかえた母親であり、男のほうは母を探し歩く息子ならばどうだろう。充分にあり得る心理ではないだろうか。犀星は、この話にも行方のわからぬ生母の幻を山吹に重ねてみたのだろうか。

「山吹」は、好きな男を避けているうちに大火に遭い、通りかかった商人に助けられ、下女まで身を落とし、激しい労働に息も絶え絶えになる。


そしてやっと好きな男・紀介に名乗りでて、彼の妻となる。が、仲睦まじい日々はそう続かない。男のほうが重い病いにかかる。以後、山吹の献身が描かれていく。

薬草を摘み、鳥の巣から卵を盗み、果ては魚や鳥の殺生をすることにもなるが、あの人のために済まない、許してくださいという心でいっぱいになる。今まで、このような気持で獲ったり狩ったりする記述が他の書にあっただろうか。多少の憐れみや後ろめたさの記述は読んだことがあるように思うが、このように激しい葛藤は描かれたことがないように思う。


鳥の巣から卵をひとつ盗んだ時は、怒った母鳥の翼が女の髪にあたる。

「ゆるしてたもれ、はらからの命に替へるために許してたもれ、ゆるしてたもれ」

鳥を射るときは、まだ温かいその小さな体に頬を寄せて、

「わらはとても何時かは死ぬでせう、死んでそなた達にお詫びをするときまで、そなた達への挨拶をあづけて置くのだ」と言っている。それほど生かしておきたかった男・紀介がはかなくなり、死ぬ前に彼は、自分が死んだら、あの幼なじみで歌よみの若侍のもとへ行け、

と言う。しかしいちずな彼女は、夜道をお百度参りのように歩き、男を偲んで暮らしていて、そこで物語は終わっている。

男にとっての理想の女であろう。品性はあるが嫋々とした深窓の令嬢ではなく、野趣に富んだ生命力のつよい、弾力のある女である。

作者自身、この中篇小説「山吹」に特別思い入れがあったのだろうか、あるいは書き残したという気持からだろうか、続篇として短篇「玉章《たまづさ》」が書かれた。この話は、紀介亡きあと、山吹が若侍にあてた、長い手紙の形式を借りている。

夜、松並木を歩く途中に「ふしぎな一つ家《や》」があって、毎晩灯が点っているのだが、山吹が館へ引き返す時にふっと消える。そのことで山吹は、若侍が自分を見守っているのではないかと考えたと述べている。

その家を訪ねると老媼がいて、あなたはいつも着つくせないほどの「撩亂たる御衣《おんぞ》」をとっかえひっかえ着て、「百日のおん供養」をしておられるのではないかと言い当てられる。「お方様」が亡くなり、死者に姿を見せるための衣装替えではないか、とも。

老媼が言うのには、じつはむかし「お方様」がうちへ訪ねてこられて、もし、「出水や近火」があったら、山吹をお宅へ泊めてやってくださいと黄金を置いていったと言う。紀介の山吹に対する深い愛が知らされるくだりであるが、「玉章」でそれ以上に印象的なのは、自分が亡くなったら、あの若い侍のもとへ行けと山吹に語る場面である。

山吹は、紀介の一点の嫉妬や濁りのない高い境地に心打たれる。そして、この手紙の最後に、若侍に、いつでもこちらにお出でくださいと結んでいる。

紀介の境地を「人間の一等高い心」と言っているが、「嫉妬のやうなお心が雜《まざ》つて」いないという、ただそれだけのことで、作者はこのような最上級の讃辞を与えているのだろうか。本当にその通りだとうなずけないものも感じるが、それほど嫉妬心をやっつけるのはむずかしいということだろう。

利己心を離れて相手を思いやるのが真の愛情であることは、わかりすぎるくらいであり、親子間において、それは常態である。しかし、男女間においてはどうだろうか。

女はわが子を得る時に、気高くなれるチャンスをもらう。しかし、男は、子がある年齢に至れば突き放さざるを得ない。もちろん母親においても同じはずだが、母は生涯にわたって子を抱えても許されているようなところがある。父親とは違う。

父は子が成人すれば、子を対等の位置まで引きあげて、考えてやる局面が必要になってくるように思う。男にとっては女こそが、生涯にわたって抱える相手なのではないか。かつての時代の男性においては、それがまっとうな姿だったと思われる。でなければ、男女間のことは、ただいっときの発情、交情であるにすぎない。

平安時代の男たちが実際どのようであったかわからないが、犀星は彼らに自身の思いを仮託した。犀星においては男女は同等の権利を要するものではあっても、肩を並べて競う相手という感覚はまるでなかった。

男女間の、男の女に対する一等高い心もちは父性だ、と彼は主張しているように思われる。また男も、女に、最終的には母性を求めるのだ、と言っているのではないだろうか。山吹の献身的看病を母性的と言ってもそう間違いではないように思われる。

市井鬼もの 「山犬」

「山犬」（原題・鶴千代）は、昭和九年に「新潮」の一月号に発表した一編である。犀星は四十歳代の半ば、「あにいもうと」を「文藝春秋」の同年七月号に発表し、以降ぞくぞくと犀星流ピカレスク小説（市井鬼もの）が生みだされていくのだが、「山犬」は「哀猿記」や

「貴族」などとともに、市井鬼ものの皮切りになった作品と言ってもいいと思う。

犬は犀星の創作において、ある位置を占めた特別な生きものだったのではないかと思う。百閒の猫のような愛の対象ではないし、朔太郎の猫のような幻影の入口でもない。どう位置づけてよいのか迷うが、作者自身が意識してもしなくとも、同属であり、時には自身とぴったり重なるが、恐れをも感じる存在だったと思われる。

犀星の詩の中で、もっとも多く歌われている生きものは多分魚だろうし、虫や蝶や鳥もよく取りあげられているが、犬をモチーフにした詩は数こそ少ないものの、一読忘れられぬ印象を受ける。『第二愛の詩集』より「犬」を引用する。

自分はよくその不幸な犬を見た
あるときは跛を曳いて
痩せおとろへて歩いてゐた
自分はその犬の姿を見ると
心にいたみを感じた

私の顔さへ見れば
犬は遠く田甫の方へ逃げて
危険が自分に及ばない程度で
いつも病人のやうに長く吠えてゐた
その長く長く吠えるのをきくと
ひとりで私の心は荒く悒鬱な怒りを含んだ
卑劣な人に罵られたやうな
はげしい蔑しみと痛みとをかんじた

ことに夜讀書してゐると
びやうびやうと吠えつづいて
自分はよく業をにやした
夜が明けて私はふらふらめまひがした
すつかり犬の啼くこゑがこびりついて
あたまが黄色い煙のやうに感じることがあつた

自分はこの不幸な犬を撲殺しやうとさへ
決心したことがあつた
自分のあたまもやや變になつてゐた
毎晩かの啼きたてる聲は
しつかり自分の聽覺をしばりつけた
私は憎んだ

犬は生まれたままの野犬であつた
溫かい人間に愛撫されたことがなかつた
憎まれ苛なまれて育つて來たのだ
私はいつもさう思ひながら
ときにはビスケツトなど投げてやつたけれど
人前ではたべなかつた
私は愛していいか憎んでいいか分らなかつた

犬が飼犬でなく、野犬であることに注意したい。長々と吠えて迷惑なのは、隣近所で飼っている犬も同じようなものだが、飼犬であったなら、犬に対して痛みは感じないと思う。番兵としての犬を鬱陶しく思い、ただ嫌悪するばかりで、愛していいか憎んでいいかというアンビバレントな感情など抱かないだろう。

この詩に登場する野犬を、もう一度モチーフにした「不幸なる犬」（『寂しき都会』）という詩もある。内容は「犬」に酷似しているが、それの発展型であり、描写も詳しい。彼は近所の人に憎まれ、蹴飛ばされたり、子どもに縄でくくられたりする。「その魂は荒れ痛んで／極度の憎悪をもつて人間に吠え猛つた」とある。しかし時々、畑の奥で「手足をのばして寝そべつてゐる」のを目撃する。そこで作者は「この犬ばかりでは無く／人間にもこのやうな生涯を送るべく／よぎない運命につながれてゐる人人のあることを」考える。詩「不幸なる犬」の新しい視点と言えるだろう。だんだんと犬を憎む気もなくなり、犬を追う子どもたちを叱り飛ばすのだが、犬が自分に向かって「氣狂ひのやうに」吠え猛ると噛みつかれるのではないかと脅える、と書いている。

犬の身になり代わっているわけではないが、無意識のうちに犬の身に起きることをわがこととしている。しかし、潜在的な同属意識に侵されつつ、現実において犬との壁は高い。「荒れ痛ん」だ魂を魔として恐れている。

短篇小説「山犬」は、その魔に踏み込んだ作品だ。ただし主人公は野犬ではない。山犬の血が流れているとはいえ、「山ざとの町」に住む指物師の飼犬で、名を鶴千代という。指物師とは経木屋と同様に今はあまり聞かれなくなったことばだが、たんすや机などの木工品を作る職人のこと。

鶴千代は飼犬だが鎖で繋がれてはいなかった。朝早くに一家の息子や娘を職場まで見送ると家に戻ってきて、指物師の仕事場の鉋屑《かんなくず》の中、爐のそばでぬくぬくと寝ていた。幸せな境遇にあったのだが、ある日、檻に入れられ、貨車に詰め込まれ、どこぞへ送られてしまう。その経緯はわからない。あくまで犬の視点を中心に語られているので、人間どもの約束や取り決めは省かれている。檻の中で、どこへ行くのかわからず、なじみの「山ざとの町」を離れる不安だけが描かれている。

「鶴千代のあたまは冴えて知覺力はてつぺんまで昇りつめ、からだぢゆうが震へ出した。そして坐つてゐる方向を生れ故鄕のはうに向けて見たが、そこに北方の山ざとの覺えある景色や、記憶のある音響や得もいはれぬ空氣のさはりは完《まつた》くなくなつてゐた。鶴千代のふるへを掻きみだすカツタンゴツトンいふ音響は立つても坐つてもゐられぬほど焦つた汗とあぶらだらけの、何百遍檻のなかを這ひずり廻つても静かになれぬ絶體絶命の自分を引き廻して見せてゐた。鶴千代はつとめて指物師の顔をおもひ出すことで、せめても静かにならうとつとめた」

引用部の最後の一文などは、まるで人間並の、理性的な、心の対処の仕方だ。この犬は作者の分身というよりもっと作者の生理や感情の起伏がじかに投射されている何かだと思う。ところで、引用部の最後の一文の、前段階となる長めの文は、じつに不思議な入り組み方をしている。もう一度書き写してみよう。

鶴千代のふるへを掻きみだすカツタンゴツトンいふ音響は立つても坐つてもゐられぬほど焦つた汗とあぶらだらけの、何百遍檻のなかを這ひずり廻つても静かになれぬ絶體絶命の自分を引き廻して見せてゐた。

主語は「カツタンゴツトン」という「音響」である。しかしそこに「鶴千代のふるへを掻きみだす」と従属節がついている。素直に書けば「カツタンゴツトンいふ音響は鶴千代のふるへを掻きみだした」という言い方になる。それにしても、「ふるへを掻きみだす」という言い方はあまり聞かない。震えの強調的な表現だろうか。

次に「立つても坐つてもゐられぬほど焦つた汗とあぶらだらけの」は「自分」にかかってくる。「何百遍檻のなかを這ひずり廻つても静かになれぬ絶體絶命の」も同様に「自分」にかかってくる。この長い修飾は、ことばがリズミカルで、「焦つた汗とあぶらだらけ」と言ったような「あ」という韻を踏んでいたりするので、それほど気にならないが、くだくだしい感じはする。一文の多くの飾りを取り払ってみると、

カツタンゴツトンいふ音響は静かになれぬ自分を引き廻した。

というふうになる。意味としてはこのようなことなのだが、犀星の文章は、列車の音響によって、居ても立ってもいられず檻を這いずり回っている様子が、様子というような外側からの視線でなく、鶴千代の心に入り込み、鶴千代以上に鶴千代になって書いている。つまりそこでは、震えや不安が容赦なく立ちあがってくる文章になっている。もはや主体は鶴千代ですらないわけで、「感覚の主体化」あるいは「感覚の純一化」と言っていいかもしれない。

そうして、鶴千代は都会に住む新しい一家に貰われていくが、山犬の血を引く鶴千代は、新しい主人をいけすかなく思い、餌を食べない。

「頭をなでられ愛称的に呼ばれても親しむ氣がしなかつた。飯は旨さうで腹は空いてゐたけれど此の人達のものを食ふことが厭であつた。一たんさう思ひ込むとそれが鶴千代の昔の魂からの命令であるためか、もう見向きもしないで頑固を打通すのであつた」

次々に湧く物思い。「昔の魂からの命令＝山犬の血」によって、旨そうな飯を食べない。犬にそんな意地や思いがあろうかとは思うが、犬のタチをよく知っている人ならば、飼い主以外の人からの餌を容易には食べないのは、それほど特別なことではないとうなずかれるかもしれない。ここでは、お腹が空いているのに食べないという動物らしくない行動を、山犬の血を引くゆえにとしている。彼の意地や思いを特別な定めに結びつけているのだ。ある角度から見れば、確かに野生動物には野生の尊厳があって、それは死を賭したものと映る。実際に野生とはそういうものなのだろうか。

　新しい主人が鼻先に食べものを持っていく。すると、鶴千代は「怒つて唸《うな》り聲を立て、白い牙」をむく。あげくは「肥つた女」の指に「柘榴《ざくろ》色の齒のあとをつけてしまつた」と書いている。女は叫ぶが「怒らないでお食《あが》り、そんなに極まりわるがらなくてもいいわ、自分でしたことが悪いと氣がついたらあやまる代りにこのお皿に口をつけて見るのよ」などと優しい。鶴千代は「咬みつかねばよかつた」と悔いる。この「肥った女」は犀星の妻がモデルかもしれない。新婚生活を描いた小説「結婚者の手記」でも田舎から不慣れな東京で暮らすようになった妻は、実家から連れてきた犬に愛情を注いでいた。

だとすると、いけすかない新しい主人とは犀星自身がモデルということになる。主人は鶴千代が外見も性質も野性的であるから気に入ったのであり、「野性のひんまがつてゐるところを伸ばして見られるものかどうか分らないが、そこまで行つてこいつをためして見よう」と思っている。

犬は、「人の眼の前で物を食はない」し、新しい家に狎れたくなくて食欲と格闘する。それでも人が寝静まると獣の骨をガリガリと囓じり、皿のものを平らげてしまう。そして、そんな自分を恥じる。きまり悪さを紛らわせるために家の囲いの隙から差し込まれた外の犬の前脚を噛みくだく。

このあたりの心理は、正確に犬のものだろうかという疑いはあるが、野生動物というものが、卑しいのではなくして、誇り高いものと捉えた作者の認識が伝わってくる。かつて指物師の庭に寝ている時なども、突然山に呼ばれたようにして「火のやうに馳せあがつて」行く鶴千代がいたが、山犬の血がもっとも躍動するのは逃亡のシーンである。

ある晩、鈎《かぎ》が切れ、石の塀を飛び越えて彼は北方へと走りだす。犬だから嗅覚が道しるべになるのではないかと思うが、作者は「方位を知覺する能力のやうなものをその前額の内部」に感じて道を選んだというふうに記している。鼻をきかせるよりも神秘的な感じを受ける。この逃亡のくだりは描写が具体的であり、しかも一気呵成に書いた感じがある。苦闘の結果、次のような姿になる。

「あらゆる逆毛立つたからだは荒んでざらざらし、左巻きの尾のさきは尖茫をひいて鯱《しゃち》立《ほこだ》ちになつてゐた。鋭く凹んだ眼はぎらぎらした物質的な、例へば鑛物などに見る鉛色の陰險な光となり、伏眼に、むしろ、臆々《おどおど》してゐる色をさへ表情してゐた」

荒々しくも美しく感じられる姿だ。彼の火のような走りは「故郷」へ、指物師の家へと向かうが、それが愛犬話に収斂《しゅうれん》されていかぬよう作者は気を使って書いている。新しい主人は鶴千代を貰う際に「野性のひんまがつてゐるところを伸ばして見られるものかどうか……」と思ったのだったが、飼主によってではなく、彼は自分の意志によって野生の力を極限まで伸ばした。

また、目的地へ到達することがこの短篇小説の眼目ではないとでもいうように、作者は鶴千代の願いを叶えず、最後に指物師の家を探り当てた、というふうにはしなかった。

最後の山場は、同族たちの殺戮シーンである。昼間は寝て、夜間に走り続ける彼は、人間（特に子供）が追ってきて悪さをされることに敏感になっている。ゆえに昼間眠るのだが、枯草の中に身を横たえた時、同族の激しい臭いと悲鳴に飛び起きる。犬たちが撲殺されているらしい。その臭いの方へ近づくと「箱車」が連なって町へ向かっている。また、「建物の空地」に「金網を張りつめた二坪ばかりの檻」があり、犬たちが押し込められている。

犬らは半狂乱で「金網を引搔き食ひ付」いている。男が檻に入って「ハリガネの輪を仕掛けた一本の棒」で犬の首を吊る。またたく間に死体の山ができる。その皮をはぎ、日干しにして、売るのだ。

その男、投縄名人の「千住川島屋」は「美しい赤毛に胡麻をふりかけた背中」の「柴犬」が走っているのを目撃、その美しい犬をぜひ狩りたいと自転車で追う。驚くべきことに、ラストは、主体が鶴千代から川島屋へ移っている。川島屋は自転車から降りて「柴犬」にしのび寄る。しかし川島屋の投縄は、犬の鼻先を打ちつけるにとどめて、首にまでとどかなかった。二度、三度と縄を打ったが、逃れた犬は姿を消す。そこで物語は終わっている。

この主体の移りゆきとは何なのだろう。鶴千代が「柴犬」だったことにも意表を突かれるが、〝鶴千代物語〟の中で話者が急に犬の内面を離れて、犬殺しの目から見た一匹の犬を浮かびあがらせる意味を考えてしまう。作品世界を動かしていく表層的な推進力（と同時に潜在的な闇を統御する力）は、山犬の情動、情念であり、その情念の支配から抜けでることが不可能で、雁字搦めになった主人公ならびにその主人公とともにある読み手のつっかえ棒をはずすが如く、あるいは大団円の厚い殻を破るが如く、主体が移るのだ。一種のカタルシスとして、物語の内から外へと客体としての山犬が駆けぬける。そして姿を消す。

それこそが野生の者の最後にふさわしいということなのだろう。じつに鮮やかな結末を用意したものだと思わずにはいられない。

この短篇小説にはほんとうに短い続篇がついている。主人公は〝鶴千代〟の愛称のような〝つる〟。

「山犬」がリアルではあるが説話的で、犬の視点を重んじているためなのか、場所の名などは伏せられていたが、続篇では、つるが信州の軽井沢から大森に運ばれたこと、三日目に逃亡したことなどが記されている。犀星は大森に住み、夏の間は軽井沢の別荘へ避暑に行っていたから、鶴千代《つる》の新しい主人のモデルが自身であるのがここではっきりする。

続篇は主人公の犬の心の動きがまったく人間並になってしまっている。彼は辛い逃亡の時をへて、町の人々が英雄を見る如く、「つるが戻つて來た」と歓迎する妄想すら湧く。指物師の夫婦の優しい声——「出來《でか》したぞ。もう何處へもやらないよ。ここで好きなほど遊んで暮すんだよ」などということばを抱きしめつつ、家まであともう少しの山中の枯草の上、絶息する。なぜこの続篇を書かなければならなかったのだろう。

野生の追求の手をゆるめ、愛犬物語に軸が移り、作品としては破綻してしまっていても、犀星という書き手は心情としてこれを書いた。突き放すことができなかったのは自責の念か。実際この話に近い事実があったのかどうか。

犀星は鳥も虫も好きで飼っていた。犀星の妻も動物好きであり、二人ともむやみな殺生を嫌った。娘の室生朝子は、殺していいのはハエと蚊だけで、蟻の行列も注意するよう育てられたと書いている。

けれど、犀星の嫌いな生きものもあった。たとえば蛇だ。嫌いと言っておきながら『女ひと』の最後のほうに、「さらばへる」「くちなはの記」など蛇についての長い文章を収めている。また、猫は好きだが犬はあまり好きではなさそうだ。

嫌いなものには触れない、という行き方もあるが、犀星は嫌いなものを描いた。蛇や犬ばかりでない。養母の赤井ハツにしてもそうだろう。嫌いなものを対象とするのは、遠くにぼんやりと「和解」があって、そこまでのかすかな道筋を辿ることである。

好きなものを描くのは、逆にかすかな軋みを聴きとることだろう。文章の丈と身幅を獲得するにはそれが自然だと思われる。

犀星の自伝小説『泥雀の歌』（昭和十七年・一九四二　實業之日本社）に、飼っていた二頭の犬の話が載っている。「ブルドッグ」と「土佐ブル」と記されている。大森谷中に住んでいた頃（昭和三年から七年まで）の話であり、「市井鬼もの」を書き始める前、作品数が少なく、行き詰まっていた時期のことだ。

田端の借家から大森に引っ越したのは、朝子と朝巳という二人の小さな子が代わりばんこに熱をだし、田端の空気が悪いのではないか、冬も寒いしと思い、大森に住む朔太郎に近くに空家がないかと探してもらったのである。そういうことに犀星が神経質なのは、初めての子である豹太郎を一歳で亡くした経験による。

大森谷中の一軒家は、隣家も遠く、さびしい何もないところだったらしい。用心として犬を飼ったようだ。大森には軒並番犬がいて、それが流行だったと書いている。「無性《ママ》者の萩原」でさえ猛烈に吠える犬を飼っていたという。

犀星は毎日鞭をもって二頭を引き連れ、よその犬と闘わせたりしている。また闘犬の土佐ブルは体が大きく、先に飼った鉄という ブルドッグと互いに咬み合うらしい。小さいけれど利かん坊の鉄の耳のつけねは、いつも喰い破られてつるつるにはげていた、という。その犬たちのことは「鉄の死」というエッセイに書かれてもいる。闘わせるだけでなく犀星は、七尺（二メートル以上）ほどの石垣にのぼらせる訓練もしている。しかし、ブルドッグにそんな俊敏さは望めない。飛び乗ってさえくれれば当分は何の希望もいらないという気持だったようだ。

蟻の行列も踏まぬよう注意して歩きながら、一方ではこの荒々しさである。その時分のことを、『泥雀の歌』にはこんなふうに書いている。

「私は明けても暮れても犬の吼え聲と格闘のなかに、頭は殺伐に莿立ち兎《と》もすればどうやら私といふブルドックも雑ぜて、毎日三頭づつ相ならんで格闘に飢ゑ、同族の憎しみに猛り、日として彼らの耳に血を見ない日はなく、私の手は生温かい彼らの唾液に濡れない日とてはなかつた。彼らに運動させて歸つてくる毎朝の私の顔色は眞青に昂奮してゐて、綱を持つために手は震へてペンの字は、ちりめんのほつれた糸のやうに顫へた變な字にしか書けなかつた」

なんという日々だろう。この犬たちは長生きできなかったらしい。ブルドッグという犬の持つ業か、犀星の無茶な行動がひびいたせいもあるのか。

大森谷中に引っ越しても子どもたちは毎冬風邪をひき、赤痢にも罹ってしまう。犀星は、谷中の湿地が体に良くないのではないかと再び疑い、今度は大森の馬込に小さな家を建てて、昭和七年に引っ越した。けれど犬たちは、落ちつかず、ある嵐の晩に、闘犬が鎖を切って、放し飼いの鉄と一緒に二頭で前の家に逃げ帰り、空き家になっている縁の下で眠っていたことがあったらしい。「山犬」のテーマとなった事件である。

時に仲良くもある二頭があまり組み合うので、土佐ブルを犬好きの人に貰ってもらうことになった。その注意書きがふるっている。馬や牛を見ると飛びつき、自動車にも飛びつくと、同類に食いついたら放さないから首を締めて呼吸を止めること、猫を見ると食い殺すこと。そんな恐しい土佐ブルがいなくなり、鉄は元気がなくなった。この鉄もよく、他の犬と格闘したらしいが、小学生らに愛されてもいて、よその犬とケンカしていると、小学生が犀星を呼びに駆け込んできたらしい。鉄は、最後は死に場所を求め、家の横手の草原に寝ていたこともあるらしく、「山犬」の続篇の〝つる〟の死のモチーフとなったのだと思う。

犬たちを失って、三年間（傍点筆者）の友を葬り、私はやっと静かになることができた。ステッキをもって紳士のように散歩した、と『泥雀の歌』に書いている（「鉄の死」では、四年間）。

しかし、ステッキをもつ紳士というこの澄まし方は本当ではない。犀星が犬たちに情けをかけなかったはずがない。作家として辛い時期、彼らとともに在ったこと、そして失ったことの哀しさや憐憫の情に駆られて「山犬」と「山犬續篇」を綴ったのだろう。

犀星の俳句

文学事始め

犀星の文学事始めは俳句であり、やがて詩に移ったのだが、詩も句も生活の手段にはならない。十三歳までしか学校に通わず、血の繋がりのない兄が勤めていた金沢地方裁判所に給仕として通うことになった時、金沢という、子どもでも句作することがそれほど特異なことではない文化的に豊かな土地柄が、犀星を救った。

裁判所の上司に名のある俳人もいて、彼らが少年犀星の句の添削指導をしてくれたらしい。それは犀星にとって学校教育に代わるものだったかもしれない。俳句を知ることによって、初めて学習の芽が育ったのではないだろうか。俳句を作り人から注目され、地元の新聞に投句して採られ、句会にも出るようになる。彼の熱中の姿を「句に痩せてまなこ鋭き蛙かな」（藤井紫影）と詠まれているのは有名な話だ。

犀星は生涯にどれほどの句を作ったろう。『室生犀星句集』（紅書房）の「はじめに」に、「犀星の句集収録作品はすべてで五六七句」と書かれている。同じ本の解説（星野晃一）には、犀星が俳句と出会ったのは十四歳の頃で、「明治期には六〇〇句ほどが作られるが、その数は犀星全句の約三分の一にあたる」とある。

室生朝子『父　犀星の俳景』（毎日新聞社）の「はじめに」には「犀星の一生の作句千七百四十七句」とある。俳人として、あるいは文人として、それが多いか少ないか私にはわからない。が、句集に収められた句の数は、七十二年の生涯に小説の高揚期が三度あり、自分で濫作というほど書いたと言った作家にしては、絞りに絞っている印象をもつ。
俳句には作るという意識が強くでたのかもしれない。僅かしか句を残さず、あとは捨てた。小説や随筆や詩など書きものの中で、いちばん芸術性に重きを置いたのではないかとも思いたくなる。

ひなどりの羽根ととのはぬ余寒かな
石斑魚《うぐひ》に朱いすぢがつく雪解かな
陽炎《かげろふ》や手欄《てすり》こぼれし橋ばかり
昼蛙なれもうつつを鳴くものか
夏あはれ生きてなくもの木々の間《あひ》
炎天や瓦をすべる兜虫
さくらごは二つつながり居りにけり

俳句というものはもともとそういうものかもしれないが、犀星の句は目が細部へ寄っていくようであり、大ぶりなところはない。季節の空気感をどの句もまとっているが、そこに悲しみや孤絶の翳り、無意識から跳ねあがってくるような何か、をあまり感じない。平静な心が詠んだのではないかと思えるのが大半だ。

無学な犀星少年の授業だった俳句——そこで犀星は句作するにあたっての構えや姿勢を教わったのではないか。犀星は詩や小説は無手勝流であり、自己流であったが、俳句に関しては基礎を習っている。

句にどことなく品があり、構えがゆったりしていて、長い日中を過ごしているような悠久な時の流れを感じる。それがたった一日のある時のことであり、生活時間の範疇を超えないにもかかわらず、これらの句は宇宙というか大きなものとの交信の中継地であるようなのだ。彼の句が佇んでいるのは、そこの一点だ。

秋待や径ゆきもどり日もすがら
あさがほや蔓に花なき秋どなり

縞ふかく朱冴《あけ》えかへる南瓜かな
固くなる目白の糞や冬近し
草古《ふ》りてぼろ着てねまるばつたかな
とくさまつすぐな冬のふかさよ
籠の虫なきがらとなり冬ざるる
水涕や仏具をみがくたなごころ
寒餅や埃しづめるひびの中

どの句もよいのだが、私は犀星の冬の句が好きだ。引用した中では終わり三句が特にいい。

「籠の虫なきがらとなり冬ざるる」。この句には「軽井沢の虫、十二月に死にければ」との前書きがついている。「冬ざるる」は、「冬ざれ」と同じく、冬になり景色が荒れてさびれ果てるという意味の季語だが、それだけでなく、「ざるる」という語感に、鉄柵の戸が閉まるような重々しいイメージが浮かぶ。

鉄柵の、重い死の戸の向こうへ消えてしまったのは、ひからびてますます軽くなった虫。

その対比がすばらしい。虫のなきがらということばも、あたり前の言い方ではあるが、虫好きの犀星を思うと悲しみに誘われる。軽井沢から連れてきた虫の、最後の一匹だろうか。昭和二年（一九二七）の句。

「水涕や仏具をみがくたなごころ」は、前出の室生朝子『父　犀星の俳景』によると、十二月二十一日に北国新聞に入選した句だそうだ。明治四十年（一九〇七）、犀星が十八歳の頃だ。

しかし、この句で仏具を一心に磨いているのは青年ではなく、少年時の犀星だろう。水涕をすすりあげる音が本堂に響き、しんしんと冷える中、仏具をたなごころで包むように磨いていく。たなごころとは勿論手の平（掌）のことだけれど、「こころ」ということばが含まれていて、仏具を心で包んでいるといった意味が加わっているように思われる。犀星少年の小さな手が、おもちゃを扱うごとく、はしっこく動いているのが目に浮かぶようだ。

「寒餅や埃しづめるひびの中」。餅は足がはやい。すぐに黴が生えたり、ひびが入ったりする。寒餅とは正月が終わった小寒（一月五日頃）から立春（二月四日）までの寒の時期に作る餅のことらしい。餅をついて薄く切り、乾燥させてから焼いて食べる、かきもちやあられなど保存食のことだという。

一月五、六日は、まだ松の内。新年の挨拶に親戚や友人、知人が訪れもするだろう。そのにぎわいもまたたく間に過ぎてしまい、正月餅、そして寒餅と、飽きるほど食べても、まだ減らない餅にひびが入っている。よく見ればうっすら埃がひびの中にしずんでいる。そのしずむは、沈むではなく、鎮むではないか。人々が集まって楽しいひとときを鎮めるほどの時がたった、という意味にもとれる。ひびの埃――よく細かいところに目がいったと思う。餅の埃には不潔感がない。昭和九年（一九三四）に作られた落ち着いた句だと思う。

犀星は、句を作るに際して自分が今居る場所は、そうわるいところではない、という奥行をもって、物や周りを見ている感じがする。喜怒哀楽の楽に近い。もっと言うなら「悦」のような気分を作っているように私には感じられる。それは彼が対象に深くまで潜り、たゆたっているからだ。小説や詩のような展開は必要なく、あるとすれば、転換だけ。景はひとつほどで足りて、そこを足場に季節の精の永劫の懐へ潜るという転換なので、それが愉悦に見えるのかもしれない。

犀星の俳句の特徴のひとつに、女性の美を詠むということがある。若い頃の句ではない。そのほとんどが昭和十年（一九三五・犀星四十六歳）の時の句である。一部を写しておく。

春の夜の乳ぶさもあかねさしにけり
少女らのむらがる芝生萌えにけり
たまゆらや手ぶくろを脱ぐ手のひかり
春あさくえりまきをせぬえりあしよ
春あさくわが娘《こ》のたけに見とれける
乙女らの白妙の脚かぎろへり
はしけやし乳房《ちち》もねむらむ春の夜半
梅折るや瑪瑙のごとき指の股
紅梅《うめ》生けるをみなの膝のうつくしき

四十代半ばの彼は小説の仕事も忙しくなって、まさにこれからという充溢期。女性の美しさが犀星という作家の物を書く大きな動機のひとつだから、俳句にもそれがあって当然と思うが、乳房やえりあし、手、足などに目をやって、いずれも美の切り取り方がシャープである。

異性がかたわらにあって、ときめいたり、驚いたり、見とれたりする心こそが、犀星を焚きつけ作家たらしめていたわけで、単に好色というのではないだろう。

というようなことを考えている時、こんな二句が気になった。

こころ足らふ女《め》を求めゆかむ朧かな
こころ足らふ女にゆきあはむ摘草に

「こころ足らふ女」とは、自分の理想とする、欠点のない女性というより、日々の不安定で不満な心に寄り添ってくれるような女性ではないかと思う。とはいえ犀星は、この句を書いた時には結婚していたし、娘も生まれていたのだが、よき夫でありよき父である姿を崩さずに女性の関心を研いだ。

また彼は、「古色蒼然たる一句を愛してゐる。古いほど新しい句が好きである」と言っている。もしかするとこの二句は、時を奈良、平安の頃と設定しているのではないか。〃王朝もの〟を書いた犀星がここに居ると思えなくもない。フィクションかもしれないが、そんな古風な空気を借りて、ある密事を句に残したかったのかもしれない。

どちらにしろ、この二句は、女性を自分の内側に引き入れている。女性の肉体の美や容貌、雰囲気等を対象としているのではなく、自分の心象や心が赴くところを対象としている。それゆえ、芝生に座っている賑やかな少女たちや、手袋を脱いだときの真白い象牙のような手といったようには、映像がはっきりしない。「こころ足らふ女を求めゆかむ朧かな」の句を、強いてイメージすると、靄がかかった晩の、遠い向こうにひとつの灯が浮きあがって、魂が漂っているように見える、そこまで行こうという感じか。

「こころ足らふ女にゆきあはむ摘草に」のほうは、陽炎が揺らめく春の野に、摘み草をしている人影が見えるが、よく見通せない。両句とも女性の姿形はぼんやりしている。それは「こころ足らふ女」というものがどういう女性なのか、内実がはっきりしないからでもあるだろう。その神秘性を愛し、犀星が物語の中で徐々に目鼻を付け、織り上げていきたい幻の女性を詠んだ句のように思われる。

『芭蕉襍記《ざっ》』

犀星は『芭蕉襍記』（昭和三年・一九二八　武藏野書院／引用は昭和十七年・一九四二三笠書房版）の冒頭に「新人芭蕉」という一文を載せている。新人とは、〝ベテランと新人〟の新人という意味ではなく、時代が移り変わっても彼の発句は常に新しいという意味だ。「今にして念ふことは元祿時代に住んで居て、芭蕉が絶世の新しさを有つてゐたことである」「芭蕉が讀み捨てられて最早顧られない時代があつたら、その時は人類が此の土地の上に棲息しない時であるかも知れぬ。人々が此の土地にゐなくなつても或は芭蕉だけが、彼の俳句だけが、禿山の上に殘つてゐるのかも知れぬ」とまで言っている。

その句への入れ込みようは、「句解」として好きな俳句を上げ、鑑賞している章などを見ても明らかだ。芭蕉がどのような時に句を詠《よ》んだか、その場や事情を調べ、時には芝居仕立てというか、相手との幻の会話なども創って、芭蕉の心理や感懐に分け入っている。

「閑さや岩にしみ入蟬の聲」については、わりにあっさりとした短文だが、この閑けさの底には誰も達していないとして、「彼の心の透るところがこれほど深くしみ出てゐる句はない。すこしのよどみも濁りもなく、玉のやうに透つてゐる」と書いている。注目したいのは、この景を目に留《とど》めた芭蕉の姿をも、句の観賞としているところだ。

山寺の老木と岩々が目に浮かび、蝉の鳴き声があたりの閑けさを引きたてるように聞こえてくる――通例はそんな情景として受けとめるのだが、犀星はその場に芭蕉を立たせ、彼を「『閑けさ』の生きて呼吸する姿といつてゐゝであらう」と書いていて面白い。

犀星は俳句以上に、芭蕉の人となりに興味をもっている。弟子や各地の支援者との関係、芭蕉の暮らしぶり、高い精神性や老いの心境も描かれていて、その風貌や佇まいが浮かんでくる。

芭蕉は子弟の心尽くしなどによって生活の資を得ていたが、そのことを恥じてはいなかった。「天からの貢物を受領する氣持」と書いている。また「句巻の選料」によって相応の生活費を得ているし、望まれて多少短冊の類も書いていたようだ。

そういう米塩の資に対し、恬《てん》淡と構えていたことは確からしい。

本書はまた、芭蕉が人格者であったことをさまざまな方面から記している。芭蕉庵の壁紙には「句作の折に柱に靠《もた》れぬ事、人の煙草を喫まぬ事、他人と話を交へ句作の邪魔にならぬ事」などと書かれていたそうだ。芭蕉庵はさながら、句作教室かワークショップでもあったかと思われる。芭蕉は「他門の句は彩色のごとし、我門の句は墨繪の如くすべし。折にふれては彩色なきにしもあらず…」と教えたそうで、そのことばこそ芭蕉の句の核となるかもしれない。とはいえ、犀星は、彼はこの世を諸行無常だとは思ってはいなかったと力説している。芭蕉が求めたのは「静さ」「しめやかさ」「さびしをり」であり、寂しさを盤石の友としていたが、この世をつまらないとか無常だとかは思っていなかったろうと述べている。そのことも門人の心を養い、導く師にふさわしいタチの人だった一因かもしれない。

「丈草去來、嵐雪其角の輩をはじめ、鬼貫一徒、そして全元祿の年代を擧げて誰一人として芭蕉を誹る者がゐなかつた程の晩年に、人望と德と畏敬の的であつたのも、その心がけの眞摯さ溫かさ嚴格さに人々の心を惹きつけたものであらう」と絶讃している。

この熱烈な信仰心は、犀星の特徴のひとつとも言えるが、書の上でも実生活でも、自分の理想とする人物に出会うと少しでもその人に近づきたい、見習いたいという思いが鬱勃と湧いてくるようなのだ。作句の苦しみ、その苦吟のありさまが韻律に漂っているとも述べ、「玲瓏玉の如き作句」がそこから生まれてくるのだが、句に成ったときさらりと涼しい姿の芭蕉を想像している。

この一冊を読むと、芭蕉が身近に感じられる。というのも、犀星の芭蕉への親しみ方、踏み込み方に、学究の徒には望めないような想像力が駆使されているからだろう。しかし想像力に頼りすぎるとわかりやすくはなるが通俗的になりがちである。犀星は、芭蕉という書き手の心の内に出入りするだけでなく、その句のもつ永遠性に触れることで、〝人物丸呑み〟の弊を免れている。

句解は芭蕉の他、凡兆、丈草、北枝、其角にも及ぶ。それぞれを比較してみたり、句の景色を広げてみたり、彼らの個性を楽しんでいる。

犀星は芭蕉の弟子の中では、金沢生まれの俳人の凡兆の句をいちばん推している。凡兆は去来と「猿蓑」を編集したことで知られており、京都で医業に従事していたが、事件に巻きこまれて下獄、のちに行方不明になってしまう不幸な人だが、犀星は「大凡兆」などとも言う。

凡兆の句として、犀星が真っ先に挙げたのは「せり上げて莟をこぼす葵かな」、「木のまたのあでやかなりし柳かな」であり、その句の近代性や景物にしっかり喰い入っていて生々としていることなどを絶賛している。どことなく犀星の句にも通じる気が私にはする。

犀星はまた、僧の丈草も寡黙で「さびしをり」を受け継いでいると高い評価を下している。武士の血をひき、忠君ひと筋の去来は、句には渋い評価だが、温厚で芭蕉がもっとも愛した人物であり「何と云つても蕉門の双璧は丈草と去來の二人であらう」と言っている。発句だけではなく、句からうかがえる作者の心映えや人格、生き方を含めて見ているのは、芭蕉に対するのと同様である。

犀星は、キャッチフレーズというか新聞の見出しのようなフレーズが得意で「丈草の端肅、去來の老實、正秀嵐雪の溫雅」と言い、「蕪村の壯麗」、「病褥に多くの年月の苦難を經た子規」などと書いている。

印象的なのは、西鶴と芭蕉との対比だ。二人は元禄文化の華だが、芭蕉は西鶴を「淺ましく下れる姿なり」と嫌った。犀星は「最も新しい人情の科學者である西鶴」と「自然の大醫である芭蕉」、「俗情にも組する魂」と「靜寂を慕ふ魂」と対照的にくっきりとまとめ、このような二人だからこそ相入れないだろうと述べていて、わかりやすい。ただし、「一日百吟を以つて誇る西鶴」と「一句を練るに或は十日をも二年をも算へる芭蕉」の、どちらがどうとは言っていない。面白いのは、犀星が、芭蕉の紀行文を「大したものではない」とはっきり断じているところ。「西鶴の敵ではない」と、文章については西鶴に軍配を挙げている。

世俗と距離を置いた芭蕉だが、人情の機微を解し、加賀の旅で北枝と句空との仲たがいを和睦させたと指摘している。芭蕉が西鶴のようになぜ小説を書かなかったのかについては、芭蕉は「一句の内に人生の心づくしを凝視め」「小説と俳諧の間に一髪の餘裕が無かつた」

（傍点筆者）、とこちらを深くうなずかせる言い方をしている。

ところで犀星は、良く言えば漂泊の俳人、実際は人家の軒下を借りて眠るような、「乞食俳人」に引きつけられた。蕉門の門人の多くは家柄よく、高級武士や富裕な商人も少なくないが、芭蕉の心はそのような取巻きの大家として在るのではなく、乞食同様の身ひとつで立っている孤独そのものの姿だったと見ているのだろう。『芭蕉襍記』（三笠書房版）の最初の方に元禄に生まれた芭蕉の弟子である路通、最後に、江戸から明治にかけて生きた井上井月についての一文を配しているのも何か含みを感じる。

犀星は、路通についてユダの烙印を押している。それも「悔ひ改めた」ユダであり、師匠の芭蕉に対して苦しい心持を絶えずもっていただろうと述べる。それは、路通が芭蕉の筆をまねて書き、貧しさゆえにその短冊などを売ったり、町人相手の俳諧興行に身をやつしたりしたからだろう。蕉門の他の弟子の中には見あたらぬ「異端者」だった。

「路通を破門した芭蕉はいち早く路通の心を射透してゐた」と書いている。行脚の折に貧しい茶店で知り合い、「犬の如き路通」はいっとき深川の芭蕉庵の近くに借家をしていたようだ。

路通に対して芭蕉もまた、その交わりに苦痛を感じていたらしい。「どういふ時にも芭蕉が一番人間的な心の構へを以て接してゐたのは、路通の場合が多かつた」とある。芭蕉は路通を破門するが、そこには「他の子弟を慮つた氣もち」もあったのではないか、とある。

死の床で、芭蕉は他の弟子たちを呼び、「路通とも親しく交はつて下され、あのやうな男であるが心には善いところがあり誠がある」と犀星は芭蕉のセリフを創っている。路通は、師が自分のことを皆に頼んだことを伝え聞き「今さらくやしさのみぞせんかたなき」と書き、師が亡くなって後、貧しくはあったが浮浪の人でなく、其角などと交わったり、民とも交わり、「親御」のような師を心に飾って生きた。

路通は性格の中に人と相いれないひねくれたものがあったが、犀星は、芭蕉と同様に路通の中に澄んだものを見つけ、彼には一茶のように「露骨に歪んだ人生觀」はないと述べている。「草臥て烏行なり雪ぐもり」といった路通の句を、「路通自らの人生が表出されている」と言い、友の少なかった路通を、一羽の烏のように「陰影を負ふて歩いてゐるやうな人」として、彼の姿を偲んでいる。

「明治初頭の信州伊那の井月」にも犀星は心を寄せている。井月は自由人であり、放浪をしながら発句を作った。井月が芭蕉を敬愛していたことは言うまでもない。「もと〳〵俳人生活といふものが實際の氣持の上で、さういふ漂泊的な生活を自然に行ふてゆくことは、昔と何も滲りがない」と犀星は言い、井月こそ「乞食生活を目標として通つた最後の俳人」と言う。

犀星は、「自分が若し芭蕉に仕へるとして」、弟子のうちの誰にもっとも近いかを考えると、「自分は或は路通の心を心としてゐたかも分らぬ」と言う。自分自身、芭蕉について書くことで「市にひさいでゐる」のだから、「路通のしたことぐらゐは許さるべきことである」と。

師に面と向かえずに、生活のために師を利用するしかなかった路通、それを芭蕉に見抜かれていたこともわかっていた路通。そして師が死の床で皆に言ったことばに落涙したであろう路通。

芭蕉との、息苦しくも、人情面でのつながりがもっとも濃厚な子弟のあり方を描きだす「路通と芭蕉」と題された一文は読みごたえがある。

犀星は、路通が「乞食《こつじき》」ならば、芭蕉もまた「一介の放浪者」であり、根は同じではないかと思っているようだ。芭蕉は弟子をとり安穏と暮らす宗匠生活に疑問をもち、東に下り、京に上り、自身と俳句を磨き、絞りだしていった。

犀星は「實際は彼のものは俳句だか自然だか寫實だか解らない」と言う。草庵でじっと考えるのではなく、ものに憑かれたように旅に出て、日々出会った人や景色を自分の内に通過させていった。頭でっかちになりようもなく、句がおのずと単純、素朴に還っていったのかもしれない。

「此秋は何で年よる雲に鳥」は、芭蕉の晩年の自画像だが、犀星は「『何で年よる』の心は吾吾にも動く心」と言い、「彼はほんの少しづつ動いてゐて、しかも、あとで見渡すときは、はるかの前方に出てゐる」と述べた。「何で年よる」の心境は、ある時ハッと年とったことに気づき、今まで何をしてきたのだろうとの思いであるが、そこにいたずらに歳月ばかり経ってしまってという悔いはない。「老いのおごそかさ」が横たわった句だと犀星が言うのもうなずかれる。

気持は絶えず動いている。毎日の繰り返しの中でも些細な出来事はあり、色が変わる。俳句はその騒がしさを一点に押さえ、純化する。瞬時に色変わりする、たわいもない生身《なまみ》を、芭蕉は酷使しつつ、波立ちを押さえ、収束するためのことばを探った。

「雲に鳥」とは、雲に消えていく鳥の意か。ぼうぼうとした歳月のような雲に、消えていくさびしさは自然なことだろう。

『芭蕉襍記』には、犀星と発句との関わりが語られていて、印象的なのは、発句は自分の文学的ふるさとである、と言っていることだろう。「詩に移つた僕の作品にも何時の間にか發句の表現を詩の中に溶かし込んで、發句の簡潔な細かい緊張した表はし方をするやうになつてゐた」と述べている。具体的には、素材の選択、特異な細かい言い方、常にその表現に時間の感覚があるという三点を挙げている。

犀星の俳句との出会いは十四歳頃だとして、詩を書き始めるのが十代の終わり、十八歳頃だ。明治四十年に「新聲」に最初の詩「さくら石斑魚《うぐひ》に添へて」が載っている。俳句と詩と両方を書いていたらしい。『室生犀星全集　別巻二』（昭和四十三年・一九六八　新潮社）の年譜によれば、翌年、地方新聞に俳句を、雑誌に詩を投稿しているだけでなく、初めての小説「宗左衛門」が「新聲」に掲載されている。俳句と詩の他、小説も加わっているのだ。時に犀星十九歳、小説が陽の目を見るのは、彼が三十歳の折、「中央公論」に「幼年時代」が掲載されたことがきっかけとなるわけで、十一年後のことである。

明治四十二年（一九〇九）、二十歳の年に彼は金沢から近くの金石《かないの》登記所に転任、尼寺に下宿して、『抒情小曲集』に収められた幾つかの詩を書いている。

俳句を書くことで、季節の変化に敏い神経が育てられ、それが詩に向かったことは間違いないと思う。「僕の二十代は殆、詩ばかり書いてその若い時代のあへぎを綴つてゐた。ちよつとした自然の移り變りに注意深く氣持が奪はれて、それがすぐ書きたくなるのだ」と述べている。対象の細部をのがさずに、把握する仕方も俳句から学んだろう。繰り返しになるが、本人が発句で覚え込んだ技法という三点、素材の選択、特異な細かい言い方、その表現に時間の感覚があることは、実際俳句から詩へのジャンルまたぎに有効に働いたと思う。

犀星の叙情小曲は、文語ないし文語的な言い回しを基本としているので、その意味でも、俳句の技法は詩への即戦力となった。それにしても、発句の世界には芭蕉も蕪村も一茶も子規もいる。一方、明治十五年（一八八二）の『新体詩抄』から始まった詩というまだ駆けだしのジャンルにおいては、関わっていく者の働きの余地が充分あった。犀星が俳句だけにとどまったとしたら、一流の俳人になったかもしれないが、近代詩における革新的な抒情の世界を拓き、ひとつのエポックを作った『抒情小曲集』に匹敵するほどの句集を残せたか疑問だ。

俳句から詩への移りに寄与しているテクストは、犀星の場合、上田敏訳『海潮音』と『牧羊神』、そして北原白秋『思ひ出』だと伊藤信吉は『抒情小曲集』（昭和四十四年・一九六九青娥書房）の中で述べている。

しかし、伊藤信吉は、「おそらく室生犀星は『思ひ出』の直接影響を受けなかつた。（略）北原白秋の抒情と室生犀星の抒情は、質的に異るものであつた」と言い、白秋の優美、技巧に対して犀星のは素朴、剛直であると書いている。

犀星の俳句と詩を見比べるなどというのは、荒唐無稽かもしれないのだが、そのあたりを少し探ると、『抒情小曲集』（大正七年・一九一八　感情詩社）の抒情小曲の特徴と思われるのは、直截的な思いを重ねて述べている点だろう。たとえば有名な「ふるさとは遠きにありて思ふもの／そして悲しくうたふもの」が収められた短詩の集合体である「小景異情」を見ても、「さびしや」「しをらしさ」「よそよそしさ」「かなしさ」「涙ぐむ」「かなしや」「泣いてをり」「ざんげの涙」「こがれて」「やすらかさ」などといったことばがひんぱんに顔をだす。感情の投網がほとんどの詩にかぶせられて、その色に染まっている。

犀星の俳句の場合はどうだったかと紅書房の『室生犀星句集』を開くと、「硝子戸に夕明りなる蠅あはれ」や「昼顔に浅間砂原あはれなり」「風鈴に金魚もあはれ人の家」など「あはれ」は幾つかあるが、あとは「うれしもよ」「さびしもよ」「かなしもよ」がそれぞれ一句ずつあるだけだ。いかに思いを洩らさずに、景が放射するもので代弁させるかが俳句の手腕であるのは間違いなく、その俳句の写実性に感傷をまぶすというか、直接的な感情表現を盛るというか、抒情小曲はそうしてできあがっていると思う。もともと心の振り幅が大きく、常に波だっていた者が、俳句の禁を破って、直接的な情感を記すことができたのだから、筆は踊ったろう。

「ひなどりの羽根ととのはぬ余寒かな」の後に、たとえば〝さびしや〟でも〝心かじかみ〟でも繋げられるし、「陽炎《かげろふ》や手欄《てすり》こぼれし橋ばかり」はとてもいい句だとは思うが、その後に〝我ひとりの影もなく〟でも〝音絶えて〟でもいかようにも繋げられると思う。しかも俳句の確かな写実性が一本の柱として通っているので、感傷的なことばや詠嘆を混ぜても写実がそこなわれない。

この抒情小曲の文語の定型的な技が、ほんとうの意味で壊れたのは、すべてが口語自由詩で書かれた『愛の詩集』（大正七年　感情詩社）である。『愛の詩集』は、抒情性を追いやっても、自分には言いたいことがある、という詩集である。その言いたいことこそが正しく、詩精神の立脚点なのだという確信にみなぎっている。それは詩ではなくともよかったのだ。自分の生きる指針を述べているのだから。叙述を無理に詩形式にすることもなかったのではないか。『愛の詩集』『第二愛の詩集』（大正八年・一九一九　文武堂書店）にはもはや俳句の影はない。『愛の詩集』については、また後で触れようと思う。

朔太郎と犀星の自画像

『月に吠える』／『愛の詩集』

文語体の詩から口語自由詩へと、その荒波を詩人たちはどのようにくぐっていったのだろう。口語詩のさきがけとしては川路柳虹が明治四十年（一九〇七）に発表した「塵溜」などが有名だが、伊藤信吉は『抒情小曲論』の中で、そのあたりのことをこう述べている。

「口語自由詩の詩壇への波及は、ほとんど一瞬のうちに行われた。おおげさな言い方をするようだけれども、川路柳虹がその試作を発表してから一年後には、口語自由詩は詩壇の大勢を圧していた。詩の言葉（詩語）を文語から解放すること、詩形を定型から解放することは、いわば時代の趨勢だった。時代の生活感情が、日常口語と自由形式による新しい詩を欲したのである。明治十五年にはじまる新体詩――定型韻文詩はこうして終りを告げた」

すでに明治の末、四十年代にはこのような状況にあったのかと、驚く。変化はもう少しゆっくりなのではないのかと思っていた。口語自由詩の確立をする役目を果たした詩集としてよく取りあげられるのは高村光太郎『道程』（大正三年・一九一四）と、萩原朔太郎『月に吠える』（大正六年・一九一七）である。それは二詩集の質の高さと詩史的展望を考慮に入れてのことだろう。詩集一冊すべて口語詩ということで徹底してるのは犀星の第一詩集

『愛の詩集』（大正七年・一九一八）であって、『月に吠える』は全五十七篇中、およそ二十篇弱は文語的な詩篇だ。

けれど、『愛の詩集』と『月に吠える』を比べると、前者は時代的な制約を受けての一詩集にすぎないが、後者には現代詩との一脈の繋がりが感じとれる。

犀星の『愛の詩集』は中に幾つかの佳品があるにせよ、おおかたは泥濘を歩んできた自身が、「よき心」や「よき祈り」によって理想の道を歩むのだということが激越な調子で語られていて、読んでいると辟易するところがある。聖書や聖フランチェスコ伝やドストエフスキイの生涯とその小説等に耽溺し、苦難を克服していくと詩で志を述べているのだが、たとえばそのドストエフスキイの理解などが一面的ではないだろうかと疑念が生じてしまう。

あなたはシベリアの監獄に四年も居た
あなたの葬式に露西亞の大學生が
その棺のあとから
鎖や手錠を曳いて
參詣しやうとして官憲から停められた

ああこの堪えがたい愚鈍なやうな顔
精神の美しさにみなぎつた顔
何を爲てゐたか傳記學者も
解らないこの人の暗黑時代
此の人の前で勉強をしろ
我慢に我慢をかさね勉強をしろ

（「ドストエフスキイの肖像」より）

犀星は二十一歳で東京に出て下宿先を転々とし、上京と帰郷を繰り返し、定職もなく貧しい暮らしが続いた。心身がむしばまれたこともあったろうが、朔太郎と出会い「人魚詩社」、次に「感情詩社」を設立、詩作を盛んにするようになって、『愛の詩集』を出した大正七年の一月の翌月には、金沢生まれで小学校の教員だった女性と結婚している。

これは余談かもしれないが、犀星も朔太郎も結婚する相手をモデルとした詩を書いている。朔太郎はその性愛を官能的に描いたが、犀星は「自分は初めて彼女に逢ふことが出來た」ではじまる「永久の友」と題された詩を書き、人生の戦友を得た喜びの声をあげている。

やがて二人の子ども（一男一女）を得、堅実に家庭を築き、昭和十三年（一九三八）に妻は脳溢血で倒れるが、その後二十二年間右半身不随であった妻を守って、彼女が亡くなってから「女房さん」の遺稿句集を出している。

犀星は『愛の詩集』の世界を実生活に反映させようとしたと言えると思う。

逆に言えば、犀星の『愛の詩集』は、詩が倫理性や自己形成に奉仕してしまっている。愛の詩人としての看板だけであったら犀星は朔太郎に並ぶ名前を残せなかっただろう。『愛の詩集』から九ヵ月後、同じ年に犀星は『愛の詩集』より前、二十代の前半で書いた詩を集めた詩集『抒情小曲集』を刊行する。

ほとんどが文語体で書かれていて、小曲詩と呼ばれる短詩も多いが、『愛の詩集』のくさみがまるでない。『抒情小曲集』の中の代表詩で、教科書にもよく採られている「ふるさと」を挙げる。

雪あたたかくとけにけり
しとしとしとと融けゆけり

ひとりつつしみふかく
やはらかく
木の芽に息をふきかけり
もえよ
木の芽のうすみどり
もえよ
木の芽のうすみどり

（初出『朱欒《ざんぼあ》』大正二年三月）

朔太郎は犀星の散文を「無心な小学一年生が舌で鉛筆の芯を嘗めつけながら、紙の上にごいごいしごしと書いてゐるところの、あの片仮名の作文を思ひ出させる」と書いている。抒情詩の大もとにあるのも「いぢらしき心根」であると言う。そして彼の表現法を「詩語の平明質素を尊び、できるだけ通俗の日用語を使用して、感情を率直に打ちまけて出すこと」（「『感情』を出した頃」）と説明した。実際その通りかもしれないが、誰でも書けそうな気のするこの詩作法ではとても言い果《おお》せない何か特別な気韻を感じる。必要最小限のことば数で、春を待つ心の具体的なイメージを立ちあがらせている。
「ふるさと」の音数をみると「七・五／七・五／三・七／五／七・五／三／四・五／三／四・五」である。

基本は七五調で、三行めから、さびのように「三・七／五」の「三」という異なった音数律が入るあたりも心にくい。しかし、また七五調に戻し、最後のリフレインに、曲者の「三」を絶唱への梃子《てこ》のように使っている。この詩を黙読しながら読み手は心で歌ってしまう。基本が七五調の、その心地よさは確かにある。しかしあまりにも七五調がゆきすぎれば、そのきっちりしたところから読み手はだれてくる。犀星の抒情小曲詩は音数をきっちりあわせないのだ。たとえば詩「小景異情　その五」の六行はすべて七五調であるが、次の「その六」の冒頭で「あんずよ（四）花着け（四）／地ぞ早やに（五）輝やけ（四）」と、あえて破調にしている。意識的であり、鋭角的である。

繰り返しになるが『抒情小曲集』は犀星の初期の詩篇であり、二十代の前半に書いた詩を集めているが、「ふるさと」を見てもわかる通り、汎神論的世界であり、自然界のさまざまな事象――季節や天候、草や木や花、生きものなどすべてに神が、と同時に詩が宿っている。自分自身も自然の一部と感じていて、自然と自分との間に軋みがない（そこが朔太郎と

大いに違うところだ)

『愛の詩集』はそうした融和的で素朴な世界を経た後、自我の目覚めを迎えた詩集とも言える。自然とは同化できない側面をもつ人間界に光をあてている。詩は精神のあらわれ、あるいは精神性そのものとして捉えられている。デーモンがその場を占める都会の泥濘に嵌まってもがき、高く清い精神的なものを求めるというような倫理的構図がその詩集から読みとれる。詩表現へのこだわりよりも、書きたいことがあるのだから書く、という態度には、詩の女神はなぜかつれなくそっぽを向くようだ。

ところで「自然児」の犀星の、春を待つ詩に対して、朔太郎はどうように春を歌っているのだろう。『月に吠える』より一篇取りだしてみよう。

かずかぎりもしれぬ蟲けらの卵にて、
春がみつちりとふくれてしまつた、
げにげに眺めみわたせば、
どこもかしこもこの類の卵にてぎつちりだ。
櫻のはなをみてあれば、

櫻のはなにもこの卵いちめんに透いてみえ、
やなぎの枝にも、もちろんなり、
たとへば蛾蝶のごときものさへ、
そのうすき羽は卵にてかたちづくられ、
それがあのやうに、ぴかぴかぴかぴか光るのだ。
ああ、瞳《め》にもみえざる、
このかすかな卵のかたちは楕圓形にして、
それがいたるところに押しあひへしあひ、
空氣中いつぱいにひろがり、
ふくらみきつたごむまりのよに固くなつてゐるのだ、
よくよく指のさきでつついてみたまへ、
春といふものの實體がおよそこのへんにある。

（「春の實體」初出『卓上噴水』第三集大正四年五月）

私が子どもの頃に大勢で花見に行った折、大人のひとりが「桜の花が蛙の卵のように見える」と言っていたのを覚えている。朔太郎の卵はその感覚の延長上にあると思いがちだけれど、そうとばかりは言えないと思う。やなぎの枝や蛾蝶も卵によって形づくられるというのは、物体の粒子を想像してのことばではないだろうか。そして、その粒子が楕円形をしているというのは、朔太郎の特異な感覚であり、それが「押しあひへしあひ」していること、宙全体がひとつの「ごむまり」のように腫れてぱんぱんになっていることなど、春の大気、その陽気を大摑みに造型して見せていると思う。自然への、というより外界への異和を抱いて生まれ落ちた赤ん坊のようだ。そこが自然への親和感から物を書きはじめた犀星とのなによりの違いかもしれない。

「自然はどこでも私を苦しくする、／そして人情は私を陰欝にする、」（「さびしい人格」）と書いた朔太郎は音楽家に憧れた。前橋の代々医家の長男に生まれて医者になるよう強制されるが、それを拒み、日本にまだ三つしか売られていなかったマンドリンを東京まで買い求め、マンドリン奏者で日本の草分け的な存在の比留間賢八の弟子になり、本気で身をたてたいと願ったのは有名な話だ。朔太郎の作曲であるマンドリン独奏曲「機織る乙女」を聴いてみると、民族音楽的で牧歌的な曲調の途中で、突然に機織りの糸が切れたような演奏があって驚く。詩人が作曲したものだけあって表現がどこか前衛的なのだ。

彼は評論にも音楽用語をつかう。音数律のリズムより内在律のメロディを、と言った具合に。また音楽は響きの芸術であり、音楽家を志した朔太郎は空間に対する意識が強かったのではないかと思う。詩「春の實體」の、楕円形の卵が空気中に「押しあひへしあひ」しているという感覚は、〝春の実体〟ではなくして〝宙の実体〟と言えるだろう。

終生の詩友

萩原朔太郎と犀星は終生の詩友でよくケンカもしたらしいが、若い頃は特に結びつきが強かった。二人は北原白秋編集の詩の雑誌「朱欒《ザンボア》」の終刊号（大正二年五月）に同時に詩が載った。犀星は「ふるさとは遠きにありて思ふもの／そして悲しくうたふもの（略）」の収められた「小景異情」六章であり、朔太郎は「ふらんすへ行きたしと思へども／ふらんすはあまりに遠し（略）」の「旅上」他数篇。互いに代表詩となった作品である。

この「朱欒」という文芸雑誌は、他に山村暮鳥、大手拓次などが詩人として出発している。白秋の功績は大きい。

朔太郎は犀星の「ふるさとは……」を読んで犀星に熱い手紙を送る。そして二人は翌年の二月にはじめて会う。朔太郎二十七歳、犀星は二十四歳。犀星が前橋の朔太郎のところへ訪ねていくのである。互いにどのような風貌かわからず、犀星は紺がすりの着物に変な鳥打帽をかぶり、風呂敷包みとステッキをもっていて、朔太郎は半オーバーに変なトルコ帽をかぶった洋装。犀星は「何て気障な」と身震いし、朔太郎は犀星に美少年をイメージしていたのだが「何といふ貧乏くさい痩犬だらう」とがっかりしたという。なおかつ犀星は性格も「粗野」で自信過剰気味。ほとんど無名同然にもかかわらず「我々は大家です」と言い、新聞のインタビューに応じたなどとデタラメを言ったようだ。

しかし互いに打ちとけあって終生の友となる。大正の詩壇に大きな位置を占める二人は、互いを意識しながら、やがて異なった道にすすむ。朔太郎は犀星の『愛の詩集』に跋文、『抒情小曲集』には序文を寄せているが、二十冊以上も詩集をもつ犀星の詩について本当はどのように思っていたか。そのことを彼はある雑誌に「室生犀星の詩」（昭和十七年・一九四二）と題して述べている。「犀星は『愛の詩集』を初め他に多くの詩集を書いて居るが、その純情詩人としてのユニイクな本領と情熱とを、最も高潮的に、且つ最も純一に発揮したのは、結局初期の小曲詩篇と、この中年期の『忘春詩集』の二つであらう」

『忘春詩集』とは、後でもう少し詳しく見ていきたいが、犀星が三十三歳の折に刊行された詩と小説集で、初めての子どもである豹太郎（一歳）を失い、父の悲しみを文語体で綴った抒情詩が収められている。つまり朔太郎は犀星の口語詩に対してはそれほど感心しなかったということなのだろう。犀星を「純情詩人」と言っている点にも注目したい。友としての犀星は純情という枠組みから大きくはずれているのを承知の上での発言だろう。

犀星は朔太郎に「理窟は止めるこつちや」とよく言っていたらしい。「これで以て、一切の思想的苦悶が一蹴されてしまふのだ」と書く朔太郎の「思想的苦悶」も大仰で怪しいのだが。ともかく犀星は朔太郎の批評やアフォリズムを認めず、朔太郎は犀星の小説を認めなかった。

しかし特に初期、お互いの詩には魅了されあっていた。犀星は『月に吠える』の跋文で、「思へば私どもの交つてからもう五六年になるが、兄は私にとつていつもよい刺戟と鞭撻を與へてくれた。あの奇怪な『猫』の表現の透徹した心持は、幾度となく私の模倣したものであつたが物にならなかつた」と書いている、朔太郎のまねをした犀星というのも驚きだ。「兄」とは三つ年上の朔太郎に対してそう呼んでいるわけだが、朔太郎も犀星に対して「兄」と返しているようで、対等の関係である。しかし貧しい犀星を、裕福な実家をもった朔太郎が金銭面で時々支えたようだ。跋文はつづけて「兄の繊細な恐ろしい過敏な神經質なものの見かた」に「私は行かうとして行けなかつたところだ」とある。

「人間の感覺を極度までに纖細に鋭どく働かしてそこに神經ばかりの假令へば齒痛のごとき苦悶を最も新らしい表現と形式によつたことを皆は認めるであらう」と賛美しつつ、彼の詩想が彼をむしばんでいるのではないのかと不安も感じている。最後は「健康なれ！おお健康なれ！」と叫んでいる。

「地面の底に顔があらはれ、／さみしい病人の顔があらはれ」という詩集の終わりに、「健康なれ！」と叫ぶのはあまりに直截すぎて、少しおかしくないだろうか。犀星の詩意識の限界と、ヤボだが骨太な精神の在処《ありか》を見るようである。

詩による自画像

犀星は詩による自画像を書いた。中でも有名なのは『抒情小曲集』に収められた「室生犀星氏」(初出は「詩歌」・大正三年)。犀星二十四歳時のセルフポートレートである。が、その詩は、眠り薬を飲んだ翌朝、足元はふらつき、ステッキをもって桜咲く四月の空の下を歩いているといった内容で、とても二十代の自画像とは思えない。私は長い間後期の作だと思い込んでいた。冒頭は、

みやこのはてはかぎりなけれど
わがゆくみちはいんいんたり
やつれてひたひあをかれど
われはかの室生犀星なり

朔太郎が、前橋を訪れた犀星を出迎えた時に、自分は記者に取材を受けたなどと吹聴する犀星に(眉唾ものだと思い)辟易したと書いているが、犀星の精神の断面図には「われはかの室生犀星なり」といった部分が確実にあったと思われる。大体、自分に「氏」を付け、詩の主題にするなどということを思いつき実行した詩人がいただろうか。

犀星の場合、戯画的な意味であえて書いているにしても、本当にそっくりかえっているア

クの強さもあって、何とも言えない複雑な思いがするが、着想としては面白い。誰もまねできない。結び七行はこうだ。

とほくみやこのはてをさまよひ
ただひとりうつとりと
いき絶えむことを専念す
ああ四月となれど
櫻を痛めまれなれどげにうすゆき降る
哀しみ深甚にして座られず
たちまちにしてかんげきす

〝都の果てをさまよい、一人でうっとり息絶えることを一心に思う。ああ四月というのに、桜を痛め、まことに稀なことに薄雪が降る。深い悲しみに襲われ座っていられず、たちまちにして気持がたかぶる〟

大体このような意味になるだろうか。自死への憧れや、ちょっとした自然の変化（春の雪）によって、気分が大きく変わる様は、若い日の彼を伝えて余りある。自意識過剰で、鼻もちならない若造というぎりぎりの線であるが、作者の得意とする文語体で書かれているために「われはかの室生犀星なり」が諧謔味をもって響き、それが詩の成功へと導いていると思う。また漢詩の書き下し文のような格調もあり、そのことも物事を誇張して表わしている滑稽さがわりに抵抗なくこちらの胸に落ちる一因となっている。

ナルシシズムの強い書き手であるのは間違いなく、『抒情小曲集』のほとんどが「ああわれのみひとり」（「海濱獨唱」）といったような、自然を詠ずる孤独な我に酔う詩である。けれども、「室生犀星氏」は甘い涙を流す我を突き離しているところもある。もう一篇、甘いだけではないぞとにらみをきかせている詩を引用したい。同じく『抒情小曲集』の一篇である「二つの瞳孔」。

われ生きて佇てる地の上
われとともに伸びる遠き瞳孔
しんとして
輝きわたる瞳孔

はるかなり唯とほくして
消えむとする二つの瞳孔

悲しみ窒息し
ぼうとして
葱のごとき苦きものに築きあげられ
輝やける二つの瞳孔

（「秀才文壇」大正三年）

これも変種の自画像である。身体のうち両目だけを独立させている。もしこの詩をもとにした彫刻を思い描くとすると寸胴の肉体に両目がらんらんと輝く宇宙人のような姿だ。あるいは大海に浮かぶ灯台のイメージだろうか。本人に何が見えているのかわからないけれど、両目は遠く闇を照らしている。灯台である我の心は悲しく窒息しそうであり、「葱のごとく苦きもの」を生のよるべとして佇っている。印象的な絵柄だ。

犀星は二十代の青春放浪の姿を、「酒場にゆけば月が出る／犬のやうに悲しげに吼えてのむ」（「酒場」）や「雨そそぐ都の街の上を／髪むしりつつ／血みどろに惨として我あゆむ」（「街にて」）というふうに私詩的に描いてみせているが、一方で「二つの瞳孔」のように、実像から離れた、かっちりとして直線的な図版画風の我も描いた。抒情詩人とはいえ、なかなかひとつのイメージの型におさまらない、尻っぽを摑ませない書き手である。

犀星最晩年の自画像といえば、やはりこれだろう。「老いたるえびのうた」。

けふはえびのやうに悲しい
角《つの》やらひげやら
とげやら一杯生《は》やしてゐるが
どれが悲しがつてゐるのか判らない。

ひげにたづねて見れば
おれではないといふ。
尖《とが》つたとげに聞いて見たら
わしでもないといふ。

それでは一體誰が悲しがつてゐるのか
誰に聞いてみても
さつぱり判らない。

生きてたたみを這うてゐるえせえび一疋。
からだぢゆうが悲しいのだ。

犀星が亡くなった年である昭和三十七年（一九六二）、「婦人之友」四月号に発表された絶筆である。犀星は七十二歳。「えびのように悲しい」というのはどのような悲しさなのだろうか。「えび」とは、老いた人の背骨の曲がったレントゲン写真を連想させられる。最後のさいごに、自分を、鮴《ごり》でもなく、犬でもなく、河豚《ふぐ》でもなく、「えび」としたのは、あるいは子どもの頃、河川などでザリガニやエビがいて採って遊んだ記憶が蘇ったか。エビを漢字で書くと海の老いたる者（海老）と書くので、そこから連想したかとか、いろいろと考えてしまう。

伊勢海老は、ご存知のように正月の蓬萊飾りや、お祝いの席の料理の材料に使われるおめでたい、大型のエビであるが、犀星は立派な伊勢海老をもじってえせ（似非）えびと、自分のことを嗤った。一種の変身譚であり、悪いことをして天からこらしめられ、エビに姿を換えさせられて悲しがっているような感じがする。老体の痛みも手伝って、どこが悲しがっているのか、角やひげやとげに聞いてまわっている可笑しさには、自分を突き放して描いているところとなまなましく切実な思いとが混じり合っている。秀逸な詩だ。

亡くなる直前まで、筆を擱かなかったのは、それが日常だったからだろう。入院している時も医者の目を盗んで散文の連載を続けていた。「書くしやうばいをしている奴」というふうに思う者の筆は、放りだしてしまえば二度と戻ってこないように思われただろう。凄絶な感じがするが、もしかしたらこのような「しやうばい」という生への執着は、与えられた運命に真っ当に向きあわなければならないという、しごくあたり前の人間の倫理観なのかもしれない。犀星のように有名な人物ではなくても、生涯の淵までいって、いつもの日常を送ろうと格闘する人は多いはずである。

犀星は自画像ばかりでなく、数名の親しい詩人（や作家）の詩も書いた。彼らを額縁に入れ、飾り讃えるがごとく、そのタイトル（や副題）に名前を書き入れている。

たとえば詩「白秋先生」の北原白秋、「山村暮鳥に」の山村暮鳥、「福士幸次郎に」の福士幸次郎、「堀辰雄に」の堀辰雄などである。皆一篇ずつであり、たいていごく短い。しかし、一人だけ例外がいる。萩原朔太郎だ。

犀星の朔太郎像

朔太郎は犀星よりずっと早く、昭和十七年（一九四二）五月十一日に五十五歳で亡くなった。そのわずか四日後に、朔太郎の妹と結婚していて義兄弟の仲であり、亡くなった朔太郎の葬儀委員長までした佐藤惣之助が急死した。周りはどんなに驚いただろう。惣之助は五十一歳だった。

犀星は五十二歳、朔太郎と惣之助の間に位置する。連れ立って逝ってしまった二人を、どちらとも交わりのあった犀星は小説にした。長編小説『我友』（博文館）は翌年七月に刊行され、その巻末に、「むなしき歌・萩原詩集」と、「天明の歌・佐藤詩集」がともに二十一篇ずつ収められている。

この二人への悼詩は例外中の例外で、これを除いて考えても、タイトルや副題に朔太郎の名の見える詩が、時代をたがえて少なくとも四篇はある。それを見ていきたい。

最初の一篇は「萩原に與へたる詩」。第一詩集『愛の詩集』（大正七年）に載っている。詩の初出は白秋主宰の「地上巡禮」で、詩集の出版より三年早く大正四年の三月。犀星は二十代の半ば、朔太郎より三歳下だが、二人の交友は年の差を感じさせない。前半を引用する。

君だけは知つてくれる
ほんとの私の愛と藝術を
求めて得られないシンセリテイを知つてくれる
君のいふやうに二魂一體だ
君の苦しんでゐるものは
又私にも分たれる
私の苦しみをも
又君に分たれる

私がはじめて君をたづねたとき
二人でぶらぶら利根川の岸邊を歩いた日
はじめて會つたものの抱くお互の不安
おお　あれからもう幾年たつたらう
私を君は兄分に
君を私は兄分にした
吾吾のみが知る制作の苦勞
充ち溢れた
なにもかも知りつくした友情
洗ひざらして磨き上げられた僕等
今私はこの生れた國から
君のことを考へ此の詩を送ることは
「うらうらとのぼる春日に……」といふ
あのギタルをひいた午前の
むつまじいあの日のことを思ひ出す

または東京の街から街を歩きつかれて
公園の芝草のあたりに座つたことを思ひ出す
君の胸間にしみ込んで
よく映つて行つてゐる
私はもはや君と離れることはないであらう
君に無頓着なそれでゐて
人の幸福を喜ぶ善良さは
永久君の内に充ちあふれるであらう
君の詩や私の詩が
打ち打たれながらだんだん世の中へ出て行つたことも
私どものよき心の現はれであつたであらう。

（「地上巡禮」大正四年）

初出は「二魂一體」というタイトルであり、初出と『愛の詩集』収録の詩とは大幅な相違がある。まったく別の詩といってもいいと思う。初出の詩は詩集に収められた詩に比べて長く、こまごました出来事を日誌につけるようにして書きだしていて、若き日の二人の姿がまざまざと浮かびあがってくる。たとえば、「君と浴場にゆき君のからだを見た／君のからだは青かつた／私のからだも青かつた」という箇所、「君の顔が西洋人そつくりであつたことから／私は君に惚れてしまつた」という箇所もあり、気持の上で多少同性愛的傾向があったのかもしれない。

犀星が前橋に朔太郎を訪ね（大正三年二月）、思いがけなくも彼のハイカラな暮らしぶりに驚嘆し、別れてからまもなく「吾々は東京で會った」という。けれど互いに郷里へ帰ることになり、「戀人同士にさへ見ることのできない／思慕は二人に起り輝いたか」と書いている。互いに毎日の手紙のやりとりが続き、朔太郎が今度は犀星の金沢に来る日が近づいてきた、とある。

略歴で確かめると、朔太郎の金沢訪問は大正四年の五月のことだから、同年の三月に初出のこの詩を発表した時点ではまだ来ていないが、じきに来るという勘定であり、それはつじつまが合うとして『愛の詩集』に収められている詩に「おお　あれからもう幾年たつたら う」と、たった一年前の前橋での出会いを振り返っているのは明らかにおかしい。『愛の詩集』が出されたのが大正七年一月だから、初出から随分たって刊行されたこの詩集に大幅な手直しをしたことがわかる。

また、初出の詩では、二人が東京を彷徨《さまよ》っている時の、自分自身の行状を正直にさらしている。

私が醉つて忍池《しのはす》辨天島の瓦斯燈を壞つた時
ＢＡＲで血まみれ喧嘩をやつたとき
醉つて留置場へ叩き込まれた時
藝術上の言ひがかりから二人で決鬪を仕やうとした上野廣小路
それらの凡ては君に心配をかけ通しだつた

さらっと、かいつまんで書いているが、ひとつひとつに荒れくるう若い犀星が見える。朔太郎は、「小景異情」などの詩を読み、犀星を高貴な青白い青年と思い描いていたが、期待は裏切られた。しかし、つき合っていくうちに、「田舎の野暮つたい文學書生」でおまけに「粗野」な人物が、自然そのままの子供であることがわかって、「街に放された野の獸」のように荒れくるう姿に魅了されていく。ひそかに「英雄」と讃え、暴れた翌日には脅えている犀星を可笑しく眺めてもいる。

犀星の第一詩集『愛の詩集』は、大正七年一月に、朔太郎と二人で立ちあげた感情詩社より出ているが、その前の年に朔太郎は同じく感情詩社から『月に吠える』を出している。どちらも自費出版だった。

犀星は、大正六年九月に亡くなった養父の室生真乗の僅かな遺産をもとにして、大正七年一月に『愛の詩集』を出し、同じ年の九月に『愛の詩集』よりも前に書いていた詩を集めて『抒情小曲集』を出した。この大正七年という年は、矢継ぎ早な二詩集の出版ばかりでなく、犀星にとって記念すべき年だった。二月にかねてより婚約中だった同郷の女性（浅川とみ子）と結婚。彼女は同郷で、小学校の音楽教師をしていた。二冊の詩集の印税や、『新らしい詩とその作り方』という本、感情詩社から出していた雑誌「感情」の売り上げなどで、田端での新居生活をまかなっていたようだ。

翌大正八年（一九一九）に、犀星は、初めて小説を書き（「幼年時代」）、「中央公論」に送りつけている。「中央公論」の新聞広告に、佐藤春夫と芥川龍之介の名前が載っているのを見て、「おれ一人くらゐはさみ込まれないものか」と常々思っていたのだ。佐藤も芥川も顔見知りではあった。その小説が認められ、「中央公論」に掲載された狂喜を犀星は自叙伝やエッセイなどに書いている。詩から小説へと、そう簡単に移れるものではないだろう。犀星という人の席移りの早さ、必死さには一日も無駄にしないというところがある。なんでも即実行なのだ。

ところで、『愛の詩集』についてであるが、詩集に収められた詩のほとんどは大正六年に発表されている。聖書やロシア文学（特にドストエフスキー）の影響を受け、その小説の中の登場人物のひとりにでもなり代わったかというような激越な調子で、泥濘から這い上がり、善良さや友愛も生きようとしている。文語体から口語体へという開かれ方もじつに無造作に行われてしまった。

文語体の詩の行渡りには一行ごとに小さな留め金がついている。行ごとに独立したがる言《げん》の強さを結びつけるためだが、その留め金が行ごとの軽い落差感と屈曲をうんでいる。口語体の詩にはそんな留め金はない。行替えといっても繋げていけば平坦な散文になってしまう。

『愛の詩集』は続きものとして翌年に『第二愛の詩集』が刊行されるが同じように平坦だ。しかし、文語体の抒情小曲形式では不可能だった思想や信条のようなものや日録的なものも盛り込める。言いたいことが言える！　犀星はそこに飛びついたのではなかったか。大正期に勢いのあった武者小路実篤や千家元麿の白樺派や民衆詩派の詩人たちとも似通った人道主義的な匂いのする詩が量産されているが、犀星は時代の趨勢や人まねではないという自恃があったと思う。

聖書やロシア文学の影響（それは時代の流行ではあったが）を受け、新しく生まれ変わり、善き人になり、妻と二人で健康な家庭を築きあげていくのだという、まさに自分の生涯の転換期でもあったからだ。

善なる魂をもって日々に感謝し、清く愛に生きるという、簡単に言えばそのようになってしまう詩を、これでもかこれでもかという風に書く——その底には、満たされないものがあったのではないかと逆に疑ってしまう。市井の人としての彼をではない、文筆家としての彼を、だ。

今まで獲得してきた詩の技術、目のつけどころやことばの選択、詩を一丁あがりと仕上げるコツは充分心得ているが、書いても書いてもその先へ行けない。長めの詩もあるが、詩の布をいくら広げても、布を幾枚も重ねて時間軸を通す小説にはかなわないというふうに思ったか。彼自身が生まれながらに背負って、怺えてきた数々の生々しい場面を単なる正当な考え方や、貫くべき信条や、善き魂などで脱化できなかったようだ。『愛の詩集』と『第二愛の詩集』の二冊は、詩から小説へという次のステップに移る過渡的な詩集と言える。

それにしても『愛の詩集』の最初のページに「みまかりたまひし／父上におくる」という献辞が載っているのだが、その養父、室生真乗は改めて書くまでもないが真言宗の住職だ。十代の頃に犀星は寺の仕事を手伝い、「水涕や仏具をみがくたなごころ」という素晴らしい俳句を作ったのだったが、青年になって亡き父の魂を「美しい西洋婦人」がいるような教会でともに祈り、「力一杯聖書に接吻した」（「父なきのち」）と書いている。

そこにいささかも釈明、弁明がないのは驚きである。亡きお坊さんを教会で祈る可笑しさを少しも慮《おもんぱか》る気配がないのだ。この大いなる無頓着さはどうだろうか。

そんな人であるから、激しい結びつきも衝突もこだわりもいろいろあった朔太郎に対して、麗句のみ書きつけることぐらい、俗な言い方をすれば、屁の河童だったろう。

犀星が初めて投稿して、採用され活字になった小説「幼年時代」でも、実の父や生母の顔をよく覚えていない彼が、少年時代に母に甘えにちょくちょく顔を出して、養母に怒られた話などをまことしやかに書いている。ウソと言うと語弊があるかもしれないが、願望や想像を私小説的筆致で綴っていく。生母の家で飼われていたシロという犬との結びつき、学校で教師に憎まれ卒倒したこと、優しい姉が結婚して家を去る話など虚実がないまぜになっている。ないまぜは物を書く上ではあたり前の話だが、犀星はこの「幼年時代」を自叙伝と言っていて、事実をねじ曲げるその大胆さ、肝のすわり方に驚くと同時に、一途なものを感じる。

犀星の詩に、次に朔太郎が顔をだすのは『忘春詩集』(大正十一年・一九二二)である。タイトルは「ちゃんちゃんの歌――萩原朔太郎に――」

繰り返しになるが、犀星は大正十年五月に初めて子を得て、豹太郎と名づけた。虚弱児であったその子を一歳になったばかりの翌年六月に失っている。『忘春詩集』とは、溺愛していた子の誕生と惜別を綴ったということで大きな特徴をもつ詩集だ。ほとんどが大正十一年に集中して書かれているが、「弱き子」の死を予感していたのか、子を得た手放しの喜びの詩はない。むしろ寂しさや哀しみを湛《たた》えている。

この詩集のふたつめの特徴としては、半分以上がまた文語体で書かれたことである。初期の抒情小曲と、この『忘春詩集』を、犀星詩の中で一番佳いものと言う朔太郎はやはり目利きだと思う。詩集の序言で犀星は、「古い文語を選んだといふより、ひとりでその形式を噛み込んでそのまま呟やいた」とも書いていて犀星の胸のうちが知れるようだ。

けふ町に出で
君が愛兒《まなご》のため
うつくしきちやんちやんを求め購ひぬ。

君が子はをんな兒なれば
綾なすちりめんこそよけれと念へるなり、
その包みを抱へかへらんとすれど
わが家にもあかん坊の居るべかれば
君が子のみに送り
わが赤ん坊を何とておろそかに爲すべき、
われは今一枚の羽二重なる
あまりに派手ならざるちやんちやんを選み
その包み二つを提げ
上野廣小路の雜鬧の中を歩めり。
人込みのなかに揉まれつつ

君とともに見搾《みすぼ》らしく歩みたる時と
既に人の世の父たることを思ひ
ぼんやりとまなこ潤み
いくたび寂しげにその包みを抱き換へしことぞ。

君がまな兒はわが兒にくらべ
一つ上なる姉なり
かく寂しきことを心に繰り返し
早や君に送らんことを心急ぎ
ふたたび車上の人となる。
やがて子守唄やさしき君が家に
わがちやんちやんの到くならん。

結婚し、子も生まれ、文筆業に精をだし——と、すっかり家庭の人となった犀星の奥床しさが伝わってくる。

血の繋がった家族というものを知らない犀星にとって、わが子の誕生はどれほどのものだったろうかと思うが、その人自身でなければ結局はわからない。感情の波というのは類型的なものではない。この詩には、子の誕生ということより、自身が父になった、あいつ（朔太郎）も父になった、青春は去って、おとなしく世の父親たる者にならなければならない、寂しいなあということしか書かれていない。

とはいえ自叙伝的小説『弄獅子《らぬさい》』（昭和十一年・一九三六　有光社）には、「子供の死」という章があり、それを読むと「色のよくない弱々しい笑ひを笑ふ子供」に犀星は動物的な強い愛情を感じていたようだ。大体、ちゃんちゃんこを買いに行く——それも友の赤ん坊の誕生日祝いか何かだろうが、そしてついでに自分のうちの赤ん坊のも買おうとする父親など、当時にあってはとても珍しかったのではないだろうか。育児する父親が多くなった今ではあたり前のことかもしれないが。

子供は虚弱児で何度も死線をさまよった挙句に残酷なことに亡くなってしまう。結局ちゃんちゃんこに袖を通すことはなかったのだ。朔太郎の「をんな兒」は長じて作家となった萩原葉子。「子守唄やさしき君が家」とあるが、実際は室生家のように愛情溢れる家庭ではなく、母性的でない母と、子供に関心がない父のもと殺伐としたものだったことを、のちに

「をんな兒」は暴いた。

　この詩には、沈鬱ではあるがある種流麗な調べと、文語体の（断定的な）文末の、確かな歩を刻むところとが、ほどよく混ざり合って、ただの叙述に情緒的な陰影が生じている。『忘春詩集』には、他にも「ふいるむ」や「笛」、「靴下」、「童子」、「おもかげ」など、得た子をすぐに失った父の、儚いものを抱くしかない切実な文語体の傑作が多い。

　朔太郎の登場する次の詩は、「戲　萩原朔太郎」（『薔薇の羹《あつもの》』昭和十一年・一九三六所収改造社）。初出は「藝術復興」（昭和五年・一九三〇）。

酒中の泥鰌。
酒さめて後の鮎。
半身の鯛
筆を把つて當代稀なる劍の使ひ手。
他流を混ぜず玉のごとき鋒先。
隙間だらけの大上段。
月代の伸びた浪人者。

筆を把らない時は市井一介の老書生。
易水葱を流して寒く。
四十年詩魂を敲いて通る。

『薔薇の羹』は随筆集だが、詩は十四篇収められ、その時犀星は四十六歳だった。「あにいもうと」など「市井鬼もの」がブレイクして流行児となり、次々と本も刊行されるが、単行詩集の刊行はない。昭和十一年は二・二六事件が起きた年でもある。日本が悪い季節に突入していく契機ともなった事件だが、一方でこの二月二十六日、犀星は芥川賞委員会に出席している。前年に芥川龍之介賞と直木三十五賞が菊池寛により設立され、犀星は芥川賞の選考委員になったのだ。

犀星は芥川龍之介と大正七年（一九一八）に日夏耿之介の詩集の出版会で知りあって以来、同じ田端に住んでいて親しく交流している。昭和二年（一九二七）に芥川が自殺して衝撃を受け、直後いっさいの追悼文の依頼を断ったが、四年後に芥川をモデルにした小説「青い猿」の連載が始まる。

この犀星と芥川の関係をやや暴露的に、わかりやすく論じたのが昭和三年一月号、「新潮」

に載った萩原朔太郎の一文「室生犀星に與ふ」である。犀星がいかに芥川を理想化し、彼のような教養人になるべく自分を超克したかが書かれている。

三、四十枚ほどのその一文は、「室生君！」という呼びかけを繰り返しながら、初めての出会いや「生れたる子供」「生れたる自然人」であった犀星の、結婚するまでの二十代の彷徨時代の事件を幾つか挙げている。犀星自身が詩「二魂一體」で一部、告白しているのだが、「夜おそく、東京市中の電燈を門並に叩き壊し、交番の巡査に石を投げて留置所に入れられた」ことや、「素つ裸で家根裏の部屋」にいて、「米屋やミソ屋の借金取りが」押し寄せると、手に蠅叩きをもって「ここへ一疋でも登つてみろ。叩きつぶすぞ！」と追い払ったことなどだ。そのような「街に放された野の獣」の犀星を朔太郎は英雄視していたと書いている。

けれども犀星は芥川龍之介と出会い、己れの嫌悪している粗野な性質が照らされたように感じて恥じ、獣性を征服すべく、長い間苦闘し、人物として完成された。教育された室生犀星はもはや自分の英雄ではない、寂しいと朔太郎は言う。そして「最も貴重な生命を虐殺」してしまった犀星に対し、世俗的な意味で「人物」になったかもしれないが芸術はそこにはない、と胸元に剣を突きつけている。

私は、この三、四十枚の一文を萩原朔太郎の全集で見つけ、読んだときに、犀星と朔太郎の特別な結びつきがはじめて理解できたように思えた。〝君はきっと「萩原は俺のゴシップを書きやがる」と怒るだろう〟と、朔太郎は牽制しながら犀星の旧悪を暴露しているが、ほんとうにそこまで書くのかというような、ためらいのない筆運び、名誉毀損で訴えられてもおかしくないような文章だ。「人物」となり、文人となって席をあたためている犀星をそこから引きずりおろしてやるという気概に満ちている。逆にそこに悪意があったらここまでは熱く語れない。

一方、これを読んだ犀星はどう思ったか。亡き芥川龍之介を語る文章の中で、「萩原朔太郎が此の間室生犀星論を三十枚ばかり書いて久闊を叙する意味で自分に示して呉れた」と言い、あまり会ってもいなかった時期なのかと思ったが、そこで「自分の市井生活の荒唐無稽を露骨なまでに曝《あば》き、『この頃の取澄ました』自分を粉砕し又理解した文章であった」と、わりに距離をもって応えている。そして自分（犀星）が芥川と出会い「教養あり、典雅な人物に（……）築き上げたい夢想」を実現したと書いているが、「自分は萩原のいふところに不賛成ではない」と、今のことばで言うところの上から目線で物を言っている。また「寧ろ彼は離れてゐる間にも彼の友である私を遠く注意深く睨んでゐることは、彼の唯一の友であるが故に頼母《たのも》しい氣がしたくらゐである」とも。

朔太郎が暴いた破天荒な事件の数々と芥川への心酔は、どちらがより犀星にとって恥ずかしかったのか。後者には、犀星が朔太郎に、君は芥川に比べてまったく「人物」としてなっていないなどと言い、必要以上に芥川を持ちあげたための（朔太郎）のシットもまじっていると思う。

犀星は、芥川にそんなに夢中になったんでもないよ、「ほんの少しづつ自分は彼のものを盗んだ丈《だけ》」とこれも軽くいなしている。

この数枚の文章に犀星の心中はあぶりだされている。しかし、二人の活字の応酬があった後に、犀星は「あにいもうと」などの「市井鬼もの」を立て続けに発表し、作家としてのし上がっていったのだ。「取り澄ました」自分を打ち破るきっかけになったのは、朔太郎だったとも言える。このような一歩間違えば泥沼化するような交情は、今では望めない。犀星もよくぞ恨むのではなく、朔太郎の言《げん》を自分の中であたためた、と思う。

朔太郎は「室生犀星に與ふ」の終わりの方で、自分の思想的苦悶を少しも君は見てくれないと言ってる。生活や家庭面でのあらゆる複雑な過去、幾度か自殺を考えたほどの絶望を、「理窟は止めるこつちや」と君は軽くいなす。自分は複雑に悩んでいるのに、君は「人生を單純に一本氣に決定してしまふ」などと、泣き顔をさらしている。そして、「友よ！　我々は今、明らかに思想上における敵の立場に立つて向つてゐるのだ」と文章を結んでいる。「思想上における敵」とは、犀星の中の「自然主義的人生観――東洋的なあきらめや、じめじめしておつけ臭い俳句趣味」であると朔太郎は述べているのだが、自然主義文学のリアリズムに対する拒否反応を持つ朔太郎のこの一文が、同郷の徳田秋声の小説など自然主義の文学とも地中でどこか繋がっていて、その発展形のような犀星の市井鬼ものを生みだすひとつの要因となったとしたら、なんとも皮肉なことである。

こうした朔太郎を、犀星は、やはり最後まで放っておけなかったようだ。その友情を思うとき、詩「戯　萩原朔太郎」はいっそう味わい深くなる。

一行めはよっぱらって街の塵芥をのたくっている朔太郎をドジョウ呼ばわりしている。しかし酒がさめれば美しい鮎ではないかと言い、鮎ばかりでなくて鯛までもちだしているが、その鯛は半身。上等な魚だけれど骨はなくて貧相ということか。「筆を把つて」以下二行は褒めていて、それを覆すように次の行で、振りかぶって物を言うが隙間だらけだと貶している。足したり引いたりしながら肖像を造形していくこのスタイルが様になっているというのも、朔太郎だったらお手のものさという余裕があってのことだろう。格好の対象を得て、犀星の筆は踊っている。

「易水葱を流して寒く」の一行の解釈はむずかしいが、蕪村の句の「易水にねぶか流るる寒さかな」を踏まえて書かれたようだ。易《えき》水とは中国河北省の川。この蕪村の句も、戦国時代の中国の、壮士（刺客）である荊軻《けいか》が、命令を受けて始皇帝を暗殺するため旅立つ際に易水のほとりで吟じた「風蕭々《しょうしょう》として易水寒し……」を下敷にしているという。始皇帝の暗殺に失敗して殺された人物の吟じた詩は、もう帰らぬ覚悟を述べてもいる。蕪村は、流れていく葱に振り向かず旅立った荊軻を偲んでいるようなのだが、犀星は寒い易水のほとりに朔太郎を立たせた。荊軻と二重うつしに見ているのだろうか（それとも流れる葱のほうか。朔太郎と葱の取り合わせもなかなか乙なものだ）。

名詞止めの八行のあと、朔太郎の光背に刺客荊軻《けいか》の鋭さをもってきたのは充分すぎる着地と言える。

朔太郎に対しての、惜別の短詩は、次の一篇である。タイトルは「萩原像」。

奇聲を放つ
名鳥のごときものは
君に似てゐる

かつかうのたぐひか。
杖をもつて追へども去らず、
野一面にひろがる聲をもて
晝深き夏のみ山に
君は聲を放つ
かつかうのたぐひか。

朔太郎の亡くなった翌年の昭和十八年（一九四三）、この詩が収められた連作短編集『木洩日』（六藝社）が刊行されている。『我友』に入った二十一篇より、こちらの挽歌に軍配をあげたくなる。なんのてらいもなく、さりげなく、自然に口を突いてでたようなこの詩には野山の深々とした広がりがあって、声の姿を追っている犀星がいる。

犀星には鳴かないセミが登場する句が幾つかある。ある日の犀星の自己のイメージだったかもしれない。一方、声を張り上げ、その奇声を自分で聞いている鳥――それが朔太郎だと言っている。カッコウになってしまったと寂しく思っただろうか。半分自分の影のような朔太郎がこの世からいなくなってほっとしただろうか。

むすびに　晩年の詩集

随筆集『續　女ひと』（昭和三十一年・一九五六）には「女ごのための最後の詩集」というタイトルのもとに何篇かの詩が載っている。主体は女性であり、そこには女のセリフのみで構成された短詩や、語り手が犀星そのひとであるような女性賛歌の詩もある。

死して女性と別れるのがつらい、今一度女のひとを湯あみしたいといったようなことだろうか。老いた永井荷風が浅草の踊り子たちを愛したことなども思いだされるが、それによって犀星は詩の肌の潤いや色艶を取り戻したかったのだろう。詩「わらひといふもの」では、「わらひかけてそのまま／わらひを止めて見せ、／そしてまたあたらしくわらつて見せた」というような、若い女性の美のだだもれを細かに写す。「くれるかほ」という詩では、「とこやの女弟子」が、散髪の椅子と椅子の間が狭いので「たくみに／うしろずさり」する様子を見逃さず、彼女の顔が「睡眠不足のためになまなましい」と記してもいる。

先にも言ったように、女性が主体の詩は全篇、セリフで成り立っているが、犀星は「これは面白い」と思った（女の）ことばをメモしたのだろう。幼児が大人をくすぐるような可愛らしいことを言うのを、母親が書き留めるように、犀星は女性の咲き誇る放埒な表情やことばに魅かれたのだろう。

また、この詩篇には、知人友人が次々に死んでいってとどまることもない、ゆえにこの一瞬を自分は生きているのだという死を背後にしたものが、女のセリフの一行ずつ――ぽつんぽつんとしたものを光らせている。圧倒的な暗闇から光がきざし、浮かびあがって今日を生きているしるしのことばになっている。それは詩としてのよしあしは別として、作者の日々の定点なのだ。

「大きな頬ね」と女は言う。そこには泉も河もあって向こうに野も山も人もいる、というようなお喋りが続くが、そんなことを女性が言ったのだろうか。詩「野も山も」の最終行「ここから人類のどよめきも聞こえてくる」というのはあきらかに作者自身の視点だろう。

単行詩集としては最後の『昨日いらつしつて下さい』（昭和三十四年・一九五九）にも、「女ごのための最後の詩集」と同じように語る主体が女性である詩が何篇かある。

表題作「昨日いらつしつて下さい」は、昨日だったなら、昨日の今ごろだったなら、あなたは何でも出来たのに、今日も明日も明後日も、あなたへの用意はないという、いわば恨みと怒りを含んだ詩である。

発想として面白く、小業がきいているが、女性の語り口のものはどうしてもわざとらしさを感じてしまう。「〜ですわね」「〜ですことよ」といった女ことばは滅んだ。犀星の詩の女ことばはそれほど時代がかったものではないにしろ、すでに違和感がある。彼女たちははすっぱ（ということばも死語だが）であっても古風である。

見どころは、犀星が女の人の口を借りて、重いことがらをあっけなく言ってのける点か。多少誇張して言えば、真実への斬り込み方がそこにはある。

たとえば「咳」。「あのひと／どうしていらつしやるか知ら」と始まり、「あのひとの咳」を覚えているが、「くらい咳をして、お酒を呑んで、／たうとう死んじやつた」と言う。わずか六行のこの詩に、女の人の姿を借りなければこんなに稚気まみれの「死ぬのは他人ばかり」という哲理をまっすぐ書けなかったろう。

女性という客体に紛れ込み、男性にとっては神秘的な心模様を、「けど」という詩にはこう描いている。

けど、
だめなの。
けど、どうでも、
もう、いいわよ、……

いったい何を言おうとしたのだろう。彼女の表情はなんとなく思い描けるように思う。彼女の心の内の変化——その色変わりの鮮やかさと優柔不断さ、また拒むことと自己放擲がほぼ同時に訪れる、そのような心の波立ちの断面図なのだ。女性に特有なものではないかもしれないが、喋っているのが女性だからこそ、諸々の行がその場の空気を瞬間把握して立ちあがっているように思える。

料理店で
そばにしばらくゐて
ついにゐなくなつた人、
そしてそれは何でもないこと、

ふかさもなじみもないことの、
だからうつくしさは無限であること。

（「記號」）

行きずりの女性への愛惜を書いている。行きずりだからこそ、美は無限だ、と。頬ばることがかなえられないゆえに、つややかに美はあちこちに実っているのだ、というこの詩は、七十二歳で死んだ人の六十八歳の折の作品である。

『昨日いらつしつて下さい』の終わりに、「最後の詩集」と銘打たれたあとがきの文章がある。そこで「十行に足りない詩が書けなくなるほど恐ろしいことはない」と、詩の「崩壊」を怖れていることを告白している。死んだ友（朔太郎）の亡霊を呼び出して「詩を書くのはやめたまへ、君は詩にひたらうとしてゐるが死期がその間にただよひ、人間のあがきを君はかなでてゐるに過ぎない」と言わせている。

〝多分、詩というのは自分だけのものであって独断でよい。読む人などは関係ない、むしろ書かれなくたってよいのだ〟と作家の河野多恵子は言ったが、一般に詩というものは、と作家の側から見た詩の姿がここにある。詩を書いている者にとっては反発も感じる発言だが、作家でもある犀星の胸中をぴたりと言い表わしているように思う。目薬のようにしみる詩のエキスのみ、ひとしずくを書きとめたい、それがなぜできないのだろうかという気持か。

『昨日いらつしつて下さい』には、わずか七行のこんな詩も収めている。

行く方にブランコがある。
君も僕もそれに乗りうつる。
めまひがつづいて睡くなる。
誰も其處から還つて來た人はない、
行くことだけがおきまりである。
すみれいろの美しい靴が見えるけれど、
僕はブランコの上で眩暈《めまひ》を續けてゐる。

（「めまひをしながら」）

生きることはめまいをしていることと同義だということか。それともブランコとは生と死の境目にいることの象徴か。後者だとしても、「君と僕」が老人と老女のカップルには思えず、子ども同士であり、彼女の紫色（すみれ色）の靴がいやにきれいだ。そんなふうに、死に近い時期をやりすごして、あちらに逝くことが詩の上では可能なのだ。あらわに現実を映すばかりが真実ではない。

誰かに逢ひ
話をしかけられた
くらい中であつた
何かの中心に私はゐた
誰かに逢へる豫感はくづれ
誰かはすぐに去つて了つた
つまらないただの女であつた
女は長い赤いきれを引きずり
それをふむやうな位置に私はゐた

（「誰かに」）

この詩は『昨日いらつしつて下さい』よりもっと後に発表された『晩年』の一篇である。『晩年』は数も少なく未完だったが、昭和三十七年（一九六二）三月に刊行された筑摩版『室生犀星全詩集』に収められた。病床において書かれたものかもしれない。望みがなくなって、薄気味わるい夢の中に作者は立っている。その夢のリアルな手触りが残る。こうまでして、書くことにこだわるのか、と思う。「めまひをしながら」と「誰かに」は少女と媼くらいの相違があってその振幅に彼の書きものすべてが入るかもしれない。すみれ色の靴の「君」と、長い赤いきれを引きずった「ただの女」、それは同一人物なのかもしれない。見方によってここまで変化するのだ。それくらいの激情を人はもっている。

あとがき

犀星の文章は、当時悪文と批難されていた。けれど評価する人も思いの他多かったのではないか。そして今、犀星が読まれているのは、犀星でしか書けない独特の文章や言い回し、思念などが、世代を超えて人々に届いていることの証明ではないだろうか。

犀星は芭蕉を、つねに新鮮な人という意味で「新人芭蕉」と言ったが、その伝でいけば「新人犀星」である。室生犀星の研究者やその作品を愛する人は大勢いる。あらためて何か物を言う余地はないと思ったのだけれど、あくまで〝わたしの犀星〟を書こうと心がけた。ひとつは犀星の女ひと論であり、もうひとつは犀星にとっての俳句の意味、そして朔太郎との交情という三つの柱を考えた。小説にも触れたいと思い、好きな短篇「山犬」を取りあげた。

これほど多作でジャンルの垣をやすやすと越えた書き手もいない。どんな視点から光を当てようが、すべてはね返して奥まで到達し得ない。ほんの入り口のところを右往左往するはめになって、時間ばかりたったが、犀星とあそんでいる楽しさがあり、ときに導きを感じた。

すぐに中座して動かなくなる私を長い間見守り、たびたび着想の矢を放ってくださった五柳書院の小川康彦さん、ありがとうございました。

井坂洋子

亡き母、潤子に

二〇二一年二月十一日

井坂洋子
一九四九年、東京生まれ。詩人。
評論・エッセイ集『永瀬清子』『詩の目 詩の耳』『はじめの穴 終わりの口』、
詩集『地上がまんべんなく明るんで』『箱入豹』『嵐の前』『七月のひと房』ほか
著書多数。

犀星の女ひと

著者井坂洋子

二〇二一年二月二八日 初版発行

発行者小川康彦 発行所五柳書院 〒一〇一―〇〇六四東京都千代田区神田猿楽町一―五―一 電話〇三―三二九五―三二三六
振替〇〇一二〇―四―八七四七九 http://goryu-books.com 装丁大石一雄 印刷・製本誠宏印刷

五柳叢書110